京都伏見のあやかし甘味帖

逢魔が時に、鬼が来る

柏てん

京都伏見の

CONTENTS

もくじ

京都伏見のあやかし甘味帖

逢魔が時に、鬼が来る

プロローグ

海が真っ赤に燃えている。

大きな大きな戦艦が、爆撃を受けてゆっくりゆっくり沈んでゆく。

しかしそれに見向きもせず、幸江《ゆきえ》は走った。

とにかく山へ走るようにと、母親に言われたからだ。

転んで泥だらけになり、笹で肌が傷だらけになってもなお走った。

普段は決して入ってはならないと言いつけられている山だ。古くから神がいると畏《おそ》れられている。

だが今や、生きるか死ぬかの瀬戸際でそんなこと構っていられるはずもない。

幸江は不安で泣いた。

小さい弟を背負った母は、幸江に絶対に追いつくから先に行くようにと促《うなが》した。

山の中で一人きり。

やがて夜になり、動けなくなった。

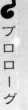

夜は獣たちの時間だ。夜行性の獣が動き出す。

幸江は木に登って夜をしのぎ、翌朝には沢を見つけて渇《かわ》きを癒《い》やした。

山の中では爆音も聞こえない。聞こえるのはただ風に揺れる葉のざわめきや、鳥の鳴き声くらいだ。

もういいだろうかと、幸江は山を下りようとした。

だが、疲れた体に鞭《むち》打ってどれだけ歩こうと、いつまで経っても人里に出ることができなかった。

空腹と極度の疲労、それに母親に二度と会えないかもしれないという不安で、幸江は今にも押しつぶされそうだった。

そしてもう一度、夜が来て、朝が来た。

雑草をかじり飢《う》えをしのいでいたものの、幸江の小さな体はとっくに限界だった。

人の手が入っていない山の斜面は、整えられた道を歩く何倍も消耗する。

日中は歩いている時間よりも休んでいる時間の方が多くなり、そして三度目の夜が来た。

もう、木に登るような体力は残されていなかった。

少しくぼんだ木の根の間に体を押し込め、小さく丸まるようにして眠りについた。

ただただ泥のように眠った。

その夜、幸江は夢を見た。

巨大な蛇が出てくる、不思議な夢だった。

蛇は言った。

己の子を産んでくれるなら、どんな願いでもかなえよう――と。

幸江は蛇に、再び母に会いたいと願った。

そして目が覚めると、不思議と体に力が湧いて、再び歩けるようになっていた。

そうして幸江は無事に山を下り、近くの民家の住人によって保護された。その後、奇跡的に、生き延びていた母親と再会することができたのだった。

幸江は、あの悪夢のような日々を記憶のかなたに葬り去った。もちろん、そのさなかに見た夢のことなど、すっかり忘れてしまったのだった。

一折　消えた虎太郎

毎日が染み入るように寒い京都の冬。

れんげは自室で明かりもつけず、畳の上で膝を抱えてじっとしていた。コートを着たまま、暖房をつける気にもならない。

そんなれんげの傍らで、クロは心配そうな顔をしている。

何もしたくないし、何も言いたくなかった。無気力とはこういうことかと、改めて思い知らされていた。

その時、ピンポンとチャイムが鳴った。

れんげは一瞬だけ期待して顔を上げたけれど、やってきた人物が望む相手ではないとすぐに気づき、落胆と共に俯《うつむ》いた。

同居人の虎太郎であれば、電気がついていないなられんげが不在なのだと判断し、チャイムを鳴らさずに自分で鍵を開けて入ってくるだろう。それをしないということは、相手は虎太郎《こたろう》ではないのだ。

それだけでもうどうでもよくなってしまって、れんげはそのままそこに座り込んでいた。

するとしばらくして、玄関から鍵の開く音がした。建て付けの悪いガラス戸がガタガタと音を立て、横にずれる。

れんげは期待を込めて顔を上げた。けれどそこに現れたのは、やはり虎太郎ではなかった。

相手もまたれんげに気づいたのか、驚いたようにその場で立ち止まる。

それはそうだろう。もう逢魔《おうま》が時を過ぎようという時分に、電気もつけずに座り込んでいる人間がいるのだから。

けれど事情を説明する気にもなれなかった。それほどまでに、れんげは打ちひしがれ、途方に暮れていた。

なぜか。

それは恋人である虎太郎が、突然消息を絶ってしまったからだ。

「おどろいた。れんげちゃん？　どないしたん電気もつけんと」

そう言って、来訪者はカチカチと照明からぶら下がるひもを引っ張った。部屋の中に少し橙《だいだい》がかった光が満ちる。まぶしさに、れんげは眉をひそめた。

そこに立っていたのは、この町屋の持ち主である谷崎喜一《たにざききいち》だった。彼は虎太郎の従兄弟《いとこ》であり、同時にれんげが通っていた日本酒バーのオーナーでもある。

谷崎はれんげの顔を見ると、なんとも言えぬ気づかわしげな表情になった。それほどまでに今のれんげは、ひどい顔をしているのかもしれない。

「暖房もつけんと。顔真っ青やで」

そう言われても、何も返事をする気になれなかった。いや、何を言っていいのか分からなかったのかもしれない。

両親と祖父母を亡くしている虎太郎にとって、谷崎とその母は数少ない血縁者だ。虎太郎の失踪は、もちろん真っ先に伝えた。行先を知っているのではとかすかな望みを抱いたが、無駄だった。

彼らから見れば、れんげは突然虎太郎の家に住み着いた怪しい女でしかないだろう。虎太郎がいなくなって、れんげを責めてもいいはずなのに、彼らはそれをしない。それどころか、会えばこうして優しい言葉までかけてくれる。

いっそ責めてくれたらいいのに。れんげはそう思わずにはいられない。

なぜなら虎太郎の失踪と、れんげの存在は無関係ではないからだ。

先月、れんげは雇い主である村田《むらた》の依頼で、西陣織の職人である石田詠美《いしだえいみ》の飼い猫を探していた。時を同じくして伏見稲荷大社の祭神である白菊命婦《しらぎくみょうぶ》から受けた依頼は、木島《このしま》神社に祀られる木島神の友を探せというものであった。そしてその友というのもまた、猫だった。

れんげがその依頼を受ける気になったのは、猫又疑惑のある詠美の猫を、木島神の探す猫が知っているかもしれないと言われたからだ。

そのためにれんげと虎太郎、それに村田と詠美の四人は、かつて木島神が勧請《かんじょう》されたという京丹後《きょうたんご》市峰山《みねやま》の、金刀比羅《ことひら》神社を訪れたのである。

そしてそこで、れんげたちは金色姫《こんじきひめ》と呼ばれる神に出会った。金色姫は木島神の捜す友であり、同時に養蚕《ようさん》の神でもあった。

かつて、うつろ舟でインドから日本に流れ着いた娘。彼女は自らが蚕《かいこ》となり、養蚕の神となった。

金色姫は詠美の探す猫の行方を指し示した後、姿を消した。

結果として、れんげ達はその導きのおかげで詠美の猫を見つけ出すことができた。その猫を連れ帰ることこそできなかったものの、依頼主である村田も詠美も納得してくれた。

問題は、その後なのだ。

れんげと虎太郎は、村田の計らいで温泉宿に一泊してから伏見の自宅に戻ることになっていた。

一つ屋根の下に暮らしているにも関わらず、温泉宿に二人で泊るというのはとても新鮮だった。久美浜《くみはま》は牡蠣《かき》の名産地で、二人はそれぞれ地酒や名物に舌鼓《したつづみ》を打った。

クロもはしゃいでいたし、共に楽しい時間を過ごしていたはずだ。

けれどその晩、れんげは虎太郎に別れを告げられたのだ。

とても一方的だった。そんな気配なんて全くなかった。道中少しおかしなところはあったけれど、二人の関係に影響を及ぼすようなことはなかったように思う。喧嘩をしたわけでもないし、何か決定的な食い違いが起きたわけでもない。

——なのに。

虎太郎はれんげに別れると言った。話し合いも何も許さないそれは断固とした意思だった。

思い出すのもつらい。陳腐な物言いだけれど、本当に胸が張り裂けそうになる。

れんげが受けた衝撃は、元彼と別れた時の非ではなかった。

元彼である理《おさむ》との別れは、心のどこかでずっと予期していた気がする。一緒に暮しながら結婚もせず、心はすっかり離れていた。なんとなくそのまま結婚するのだろうと思っていながら、別れを切り出されてもすんなり受け入れられる関係だった。そう、それがあんなタイミングでなければ。

浮気をされたのはショックだったけれど、辛かったのは自分の矜持《きょうじ》を傷つけられたからで、決して彼が恋しかったからではない。

でも今回は、違う。

全く予想してもいなかった。どちらかと言うと、家族になりたいという虎太郎を、れんげの方が歳の差や付き合いの短さを理由に押し留めていたのだ。

そのせいなのか、それとも他に自分では気づかない間に、虎太郎の不興を買うようなことをしたのだろうか。

かわいいとは言い難い性格か、それともいつの間にか家に居付いてしまった図々しさか、はたまた人ならざる者に絡まれる厄介な自分の性質のせいなのか。

改めて考えてみると、むしろどうして好いてくれていたのか分からなくなる。

結局何も考えられないままに一晩を過ごし、先に家に戻ってほしいという虎太郎の言葉に抗《あらが》うこともなく、れんげは丹後の地を後にした。

何も考えられなかった。あの時は考えることを拒否していたのかもしれない。

電車で一足先に家に戻ったれんげは、死刑執行を待つ囚人の気持ちで虎太郎の帰りを待っていた。

ところが一日経っても二日経っても、虎太郎は戻らなかった。携帯も繋《つな》がらない。

れんげを避けて友人の家に泊まっているのかとも思ったが、大学に確認したところ出席していないという。

これはさすがにおかしい。ただでさえ、最終学年という大事な時期に丹後行きに付き合わせてしまったのだ。れんげに会う会わないは別として、大学に顔を出さないというのはいくらなんでもおかしい気がした。

それかられんげは、必死になって虎太郎を捜した。

もちろん谷崎にも連絡した。れんげが面識のある虎太郎の血縁者は彼だけだったからだ。何か手がかりになるかもしれないからと、彼が向かったはずの故郷についても尋ねた。

そして知らされたのは、衝撃的な事実だ。

虎太郎の生家は、彼がこちらにやってくるのを機に解体してしまったのだという。もともと借地に建てた家だったため、更地にして持ち主に返還したのだそうだ。

一緒に生家へ行きたいという申し出を断られたのは、そのせいだったのか。更地になった家に一人で戻った虎太郎の気持ちを思うと、れんげは切なかった。

それから一週間が過ぎても、虎太郎は姿を現さなかった。

失踪届も出したし、ゼミの教授に頼んで親しい人への聞き取りもしてもらった。だが、結果はどれも振るわなかった。

まず第一に、虎太郎は友人の多いタイプではないので、特別親しくしている友人が見つからなかった。それはバイトしていた谷崎のバーでも同じことで、一番親しくしていたのはれんげだろうと、谷崎にも言われたほどだ。

彼は責任を感じ落ち込むれんげを慰め、れんげを追い出すようなこともなくこの家で虎太郎を待っていてもいいと言ってくれた。

けれどこの家には、たくさんの思い出がある。虎太郎と暮した日々のすべてが、この家に思い出として残っているのだ。それは一年にも満たない期間のことなのに、絶えず脳裏に浮かんではれんげを苦しめた。

胸に浮かんではほっと心を温める思い出も、一緒に和菓子を食べたことも、付き合うことになった日も。

何もかもが、今ここにいるれんげを否定している気がした。

だから家に居るのがつらくて、無理を言って職場に居残りすることが多くなった。

村田《むらた》はそんなれんげのことを、意外にも静かに受け入れてくれている。

そのおかげなのか、不動産屋の仕事にもだいぶ慣れてきた。仕事に打ち込んでいると、今自分はここで必要とされているのだと感じることができた。前はそんなもの、仕事に求めたことなどなかったというのに。

けれど虎太郎がいないとまるで心にぽっかり穴が開いたようで、それを埋める何かが必要だったのだ。

　結局何の手がかりもないままに、いたずらに時間だけが過ぎていった。

「ごめんなさい」

　れんげはのろのろと立ち上がると、谷崎に頭を下げた。

「虎太郎が見つからないんです。心当たりは全部捜しているんですが、どこにもいなくて」

　そう改めて言葉にすると、枯れたと思っていた涙がまた出てきた。

　己の失態を涙で謝罪するなど、自分らしくないと思う。でもこの涙はどうしても止めようがないのだ。今までの人生で、これほどまでに打ちひしがれたのは初めてかもしれない。

　仕事で失敗した時も、会社を辞めさせられた時も、元彼と別れることになった時にも、ここまで落ち込むことはなかった。

　今までの人生で経験したこともないような、深い谷底にれんげはいる。

『れんげ様……』

　ずっと寄り添っていた狐が、心配そうに尻尾《しっぽ》を揺らしていた。

「れんげちゃん。あんまり思いつめんと。あいつも男なんやから、きっと無事でおるわ。れんげちゃんに出会って、棒切れみたいに頼りなかったあいつが目標に向かって頑張れるようになったんや。今回のことかて、絶対にれんげちゃんのせいとちゃうわ」

谷崎の慰めの言葉が、今はむしろ辛く思えた。

もっと責めてくれたらいいのに。お前のせいだとあげつらって、いっそこの家を追い出してくれた方が楽になるのではないかとすら思った。

でも虎太郎が帰ってくるかもしれないと思うと、完全にこの家から離れることもできないのだった。

今のれんげの方こそ、頼りない棒切れそのものだ。

「しっかりするんやで？　れんげちゃんが体を壊したら元も子もないからな」

そう言い聞かせるように言って、谷崎は帰っていった。

彼はれんげの状態を予想していたのか、作り置きのおかずを何種類も作りそのタッパーで冷蔵庫をいっぱいにしていった。

食が細くなり、すっかり食べられなくなっていることすら見透かされているようだ。

ありがたいよりも申し訳ないという思いに押しつぶされそうになっていると、ふと丹後に赴く原因となった西陣織《にしじんおり》の職人である詠美のことを思い出した。

彼女もまた、突然姿を消した猫に心を病み、ひどく憔悴《しょうすい》した様子だった。れんげは元の彼女を知らないけれど、やつれたと言われればなるほどと思えるほど彼女は痩せていた。

今の自分も、他人の目にはあんなふうに見えているのかもしれない。

のろのろと立ち上がり、谷崎が持ってきてくれた料理を食べようとする。お湯を沸かして、一人分のお茶を淹《い》れる。

何もかもが、一人分のちゃぶ台。タッパーからお皿に移す気にも、温める気にもならないおかず。

それでも谷崎が作っただけあって、彩りが綺麗だ。

虎太郎がいなくなって動揺しているのは彼も同じはずなのに、日々の生活をちゃんとして、こうしてれんげを気遣うことまでできる谷崎の余裕が、羨ましい。

今の自分はずたぼろで、生きているのもやっとなのに。

「おいしい……」

ベーコンの入ったポテトサラダをもそもそと食べながら、からっぽだった胃袋に食べ物を入れると、そういえば昼食も碌《ろく》に食べていなかったことに気がづいた。

箸をすすめると、またしても涙が出た。鼻水も出た。

おいしいと感じる自分に罪悪感を覚えた。虎太郎がいないのに、平気なのかともう一人の自分が責め立ててくるようだ。

『れんげ様。もっと食べましょ。力をつけて、虎太郎を捜しに行くのです！』

れんげの周りを飛び回り、なんとか元気づけようとクロが言う。

虎太郎がいなくなってから、何度も捜そうとした。けれどわずかな手がかりすらなく、今日まで手をこまねいていたのだ。

「捜すって、一体どうすれば……」

その時だった。突如としてごろごろと雷の音が響いた。先ほどまで、雨すら降っていなかったというのに。

全てにおいて無気力になっていたれんげも、これには反応せざるをえなかった。

「な、何？」

『何事です⁉』

そして次の瞬間、まばゆい光が部屋の中にあふれ、れんげは反射的に目を瞑《つむ》った。

わけが分からず、冷や汗をかく。もしや雷が落ちたのだろうか。

れんげの暮らす町屋は平屋だ。二階建ての多い住宅街でまさかここに雷が落ちるとは思わないが、火事が起きたら類焼は免れない。

こわごわと薄目を開けると、光こそ収まっていたものの部屋の中にばちばちと火花が散っていた。

頭が真っ白になる。

やっぱり雷が落ちたのだと思った瞬間、感じたのは身の危険よりも、虎太郎が留守にしている間にこの家を失うわけにはいかないということだった。

慌てて上に来ていたセーターを脱ぎ、火の元を消そうと動き出す。

だが不思議なことに、ばちばちと耐えず火花が散っている割に、一向に火の元が見当たらない。

『何をしている！』

その時、落雷を彷彿《ほうふつ》とさせるような怒号が響いた。

呆気に取られて顔をあげれば、そこには見覚えのある顔があった。神職の白い狩衣《かりぎぬ》と、黒い烏帽子《えぼし》。そして見覚えのある不機嫌そうなその顔は、今はほんのり赤く染まっていた。

『とっととその衣《ころも》を着ろ！』

そう怒鳴りつけたかと思うと、目の前の男はれんげから視線をそらした。

青い火花を纏い、いかにも派手に登場したのは、以前上賀茂《かみがも》神社で遭遇した、陰陽師の賀茂光栄《かものみつよし》、その人であった。

⛩ ⛩ ⛩

最初に明記しておくが、れんげはセーターの下にちゃんとアンダーウェアを着ていた。それでも突如として服を脱いだれんげの行動は、光栄にとってはいかにも破廉恥で節操のない行動だったらしい。

『う、歌も交わしておらぬのにそのような……っ』

未だに怒りが冷めやらないらしく、ちゃぶ台の前に座りながら光栄はぶるぶると震えていた。

ちなみに光栄の時代には、和歌を交換することで恋愛がスタートしたようだ。とはいえ光栄の反応は、平安時代にあってもかなり堅苦しい部類と言えるだろう。

出がらしを出すわけにもいかないので、お茶を淹れなおして光栄の前に置いた。

先ほどまでこの世の終わりのような気持ちでいたというのに、思いもよらない相手の登場に悲観的な気持ちは吹き飛んでしまった。

「それで、どうして突然うちにいらっしゃったんですか？」

れんげの疑問は当然だった。

以前上賀茂神社を訪れた際に顔を合わせたとはいえ、光栄とは突然自宅に訪問されるような仲ではない。

敵対とは言わないまでも、目障りな相手と認識されていると思っていた。

『麿《まろ》とて、望んで来たわけではない』

その声は、いかにも不本意そうだった。

何か話しづらいことでもあるのか、光栄は誤魔化すように湯飲みを持つと、ごくりと喉を潤した。

そして目を見開いたかと思うと、れんげに向かって驚いたように言った。

『待て。これはもしや茶か？』

それ以外に何があるんだと思いつつ、れんげは頷く。

『このような贅沢品《ぜいたくひん》を……』

今度はどんな難癖が飛んでくるのかと身構えていたが、予想に反して光栄は黙りこくり、湯飲みに入ったお茶をちびちびと飲み始めた。

一体なんなんだと思っていると、光栄の肩からひょっこりと見知った顔が飛び出してくる。

「木島《このしま》様？」

今度はれんげが目を見張る番だった。

木島様こと木嶋坐天照御魂神社《このしまにますあまてるみたま》の神は、虎太郎がいなくなるきっかけとなった事件の、関係者であり同時に依頼人でもあった。

古い友人である金色を探し求めていた木島神を連れ、れんげたちは丹後へ向かうことになったのである。

れんげと一緒に電車で伏見へと戻ったはずの木島神だったが、言われてみればいつの間にか姿を消していた。こちらはこちらで、虎太郎が戻らないことに動揺し木島神の不在を気にしている場合ではなかったのだ。きっと目的を果たし自らの社に帰ったのだろうと、それくらいにしか考えていなかった。

『お前が困っているだろうと思ってな。役に立ちそうな者を連れてきたのだ』

「役に……？」

突然の話に面食らい、もう一度光栄を見やる。

湯飲みを傾けていた光栄は、そんなれんげをぎろりと睨《にら》みつけた。以前会った時には角を生やし、鬼となっていた相手である。頼りになる相手というよりも、厄介な相手という印象の方が強い。

『なんだ。磨では力不足とでも言うつもりか』

「あ、いえそういうわけでは――決して」

戸惑いつつも、れんげは否定した。というか、下手に怒らせるようなことは避けたい。自宅に雷など落とされては困るのだ。

れんげはやり切った感を出す木島神を見上げた。小さな胸をそらしているその姿は、ぬいぐるみにしか見えない。出会った時のそれである。

そんなこちらの戸惑いを余所《よそ》に、木島神は聞き捨てならない言葉を口にする。

『ええとなんだったか――戻らぬのであろう？　我々を丹波《たにわ》へと導いたあの男が』

れんげが木島神の言葉の意味を理解するのに、しばらくの時間が必要だった。

だが車を運転していたことを導いたと解釈するならば、木島神が言っているのは未だ行方の知れない虎太郎のことに違いない。

それに気づいた瞬間、れんげはたまらず身を乗り出した。

「行方を知ってるんですか⁉」

警察に失踪届を出しても、手がかりの一つも掴めなかった相手である。れんげが木島神を肩に乗せた光栄に思わず掴みかかってしまったのも、無理からぬことだった。

掴みかかられた光栄はといえば、取り落としそうになった湯飲みを慌てて支えつつ、目を丸くしている。そして一拍後、至近距離にいるれんげを威圧するように見下ろしてきた。

『おい女、なんのつもりだ。茶を零《こぼ》すところであったではないか！』

「そんなことはどうでもいい！」

れんげは思わず怒鳴り返した。

「お茶なんていくらでも淹れてあげるわよ。それより……それより虎太郎はどこにいるの？　あなたたち一体何を知っているの？」

必死だった。

先ほどまでは光栄の機嫌を損ねまいと当たり障りのない対応をしていたが、相手が虎太郎の行方を知っているとなれば話は別だ。

押し倒さんばかりに前のめりになるれんげに、さすがの光栄も気圧《けお》されたらしく、彼はれんげの手を外しつつ首上《くびかみ》を整えた。

『あり得ぬことだが、金神遊行《こんじんゆぎょう》が起きた。これは大いなる禍《わざわい》の前触れだ』

光栄が冷たい声で言う。

金神というのは、陰陽道において艮《うしとら》と並び称される、恐るべき神、最も忌むべき星を言う。

陰陽道は星を読む学問だ。そして光栄は、陰陽頭も務めた陰陽道の大家《たいか》である。

「こんじん……？」

訝《いぶか》しげな顔をするれんげに、光栄は言葉を続けた。

『金神の星が乾《いぬい》へと動いたのだ。金神遊行が起こるのは常ならば壬子《みずのえね》よりと決まっているが――とにかく、北西の地に禍が降りかかる。そして以前お前が連れてきた男が、その禍に深く関わっているという卦《け》がでたのだ』

詳しく説明しても無駄だと思ったのか、光栄は実際に何が起きるのかと、その原因を端的に言い放つ。

以前れんげが光栄のところに連れて行った男なら、それは間違いなく虎太郎のことだ。今のれんげにとって、襲い来る禍よりも虎太郎がそれに関わっているということの方が重要であった。

「どういうことなの？　虎太郎は、その禍とやらのせいで帰れなくなってるの？」

ならば今すぐにでも助けに行かなければ。れんげの心は急いていた。

今にも家を飛び出していきそうなれんげを、光栄は引き留めた。

『待て。そうではない』

そして木島神が、重苦しい表情をして言った。

『どうやらその虎太郎が、禍の根源のようなのだ』

理解しがたい返答に、れんげは言葉をなくした。

れんげの甘味日記　～山水會編～

途方に暮れる——とはこういう気持ちなのだろう。

雑踏の中を歩きながら、れんげは思った。

虎太郎が姿を消して、既に半月ほどの時間が経過していた。失踪直後は心当たりをあちこち駆けずり回っていたが、当てはすぐに尽きた。

すっかり親しいつもりでいて、自分は虎太郎のことなど何も知らなかったのだと思い知らされた。そもそも、まだそれほど長い付き合いではない。

特に、谷崎から虎太郎の実家のことを聞かされた時は、ひどく落ち込んだ。

どうして話してくれなかったのかと思ったし、でも話すタイミングがなかったのだろうなということも分かっていた。

今まで虎太郎に助けられるばかりで、果たして自分は虎太郎の支えになれたことがあっただろうかと、自問自答したりしていた。

その時れんげは、村田に言いつけられたお使いの帰りで京都駅にいた。

ふらふらと伊勢丹《いせたん》に入ってしまったのは、百貨店のバイヤー志望の虎太郎がよく伊勢丹の和菓子売り場に通っていたと知っているからだ。

もしかしたら偶然出会えるのではないか。

そんな小さな期待を抱き、気づけばれんげは自動ドアを潜っていた。

すると、入ってすぐの場所に、特設会場が用意されていた。台の上には和菓子やその素材、干菓子を作るための木型などが展示されている。

そして壁には、達筆な字で『山水會《さんすいかい》』の文字。

『この文字は、以前虎太郎殿が買ってきた包みで見たことがありますぞ』

クロの言葉で、気が付いた。『山水會』という文字の両脇には、それぞれ和菓子屋のものと思われる屋号が並んでいる。その数十一。

「鍵善良房《かぎぜんよしふさ》」「亀屋《かめや》良長《よしなが》」「亀屋良永《よしなが》」「塩芳軒《しおよしけん》」「笹屋《ささや》春信《はるのぶ》」「千本玉壽軒《せんぼんたまじゅけん》」「鶴屋《つるや》弦《げん》月《げつ》」「二條若狭屋《にじょうわかさや》」「船屋秋月《ふねやしゅうげつ》」「三木都《みきと》」「小堀日之出堂《こぼりひのでどう》」。

どうやら、『山水會』というのは老舗和菓子屋によって構成された会の名称らしい。

その中には、れんげにも見覚えのあるものもあった。

特設会場の趣旨は、京都伊勢丹の二十五周年を記念してこれらの和菓子屋が共同で詰め合わせ菓子を製作するというものだった。

きっと虎太郎がいたら、跳び上がって喜んだに違いない。

虎太郎もこの会場内にいるのではという思いは、ますます強まった。

それは希望的な観測を大いに含んでいたけれど、れんげがそんな考えを持ってしまったのも無理からぬことだろう。

虎太郎は珍しい和菓子があると聞けばどこに買いに行くことも厭わなかったし、さすがに使い過ぎないように注意はしていたようだが、己のバイト代のほとんどは和菓子に費やしていたと断言できる。

れんげは、あの目立つもじゃもじゃ頭がどこかにいるのではないかと、歩き回って虎太郎を探した。もちろん和菓子売り場の方にも行ってみた。

だがやはり、虎太郎に遭遇するなんてことはなかった。

肩を落として帰る道すがら、せっかくだからと最初に見た『山水會』のブースに立ち寄る。

『山水會』と書かれた暖簾《のれん》に、瓢箪《ひょうたん》をデザインした手ぬぐい。各店の生菓子や個性豊かな銘菓が並ぶ。

中でも特に目立つのは『山水會』が共同で製作したという、揃いの木型から打ち出した『彩瓢菓撰《さいひょうかせん》』だ。

瓢箪は六つ揃うと無病（六瓢）息災に通ずると言われ、招福や厄除けに用いられる。

一つの箱には六瓢箪が二つ。つまり十二個の落雁が並んでおり、それらは蔓でつながった瓢箪を表している。色もそれぞれ黄緑やピンク、薄紫と様々で、なんとも言えない独特の可愛さがあった。金箔入りのもの。薄紅色の梅肉が入ったもの。カカオや抹茶、ごまが入ったものなど、一口に落雁と言ってもなんとも個性豊かだ。

れんげは思わず、並べられていたその箱に手を伸ばした。

虎太郎の無事を、誰よりも強く願っているのはれんげだ。無事でさえあってくれれば、自分のことを嫌っていてもなんでもいいと思っている。

無事な姿を一目見ることができれば、追い出されようがひどい言葉を投げつけられようが構わない。


ただただ、無事でいてほしい――。

地下鉄のホームに出ると、冷たい風が吹きつけてきて思わず肩を竦めた。帰宅ラッシュの時間にちょうどあたってしまったらしく、ホームにはたくさんの人がいる。

思わず、背の高いもじゃもじゃ頭を探してしまう。もはやそれは、習い性のようなものだった。

れんげの手には、無病息災を願う瓢箪の干菓子が紙袋に入ってぶら下げられている。買って帰っても、喜んでくれる人はいない。それでも。

できることなら、これを一緒に食べられたらいいのに。

白い息を吐きながら、れんげはそんなことを考えた。

干菓子は日持ちする。賞味期限が来る前にどうか、虎太郎が帰ってきますように。

声にならない願いを、れんげはその菓子に託したのだ。

二折　再び丹後の地へ

れんげは茫然《ぼうぜん》としていた。

何かを考えようとしても、混乱してまともに考えることができないのだ。

賀茂光栄と木島神に自宅を強襲された数日後、れんげは電車に揺られ丹後地方を目指していた。

「北西の地に禍が降りかかる」と光栄は言った。

その方向には丹後半島がある。虎太郎と別れた久美浜町は丹後半島の付け根あたりにあり、光栄の示す方向とも合致するのだ。

免許証を持っていないので、れんげはまずは特急「はしだて」で宮津《みやづ》に向かい、交通の便がいい宮津市を活動の拠点にしようと考えていた。宮津は久美浜から見ると、丹後半島を挟んでちょうど反対側の付け根にあたる。

れんげはこの丹後行きで、絶対に虎太郎を連れ帰ると心に決めていた。伏見にはいつ戻れるか分からないので、仕事も辞めるつもりだった。それにストップをかけたのは、上司であり雇い主である村田だ。彼女はれんげが虎太郎を捜しに行くつもりだと知ると、無期限の休暇を許可し捜査資金としてお金まで融通してくれた。

さすがにそこまでしてもらうわけにはいかないとはじめは断ったのだが、どうも彼女自身虎太郎がいなくなったことに責任を感じていたらしい。無茶苦茶なところのある人だが、こういうところが彼女が若くして不動産会社を切り盛りできる所以《ゆえん》なのだろうとれんげは思った。

そもそもあの心優しい虎太郎が、自ら望んで禍など引き起こそうとするはずがない。光栄たちが言うことが本当なら、何か事情があるに違いないのである。

『本当に、虎太郎がその禍とやらの中心にいるのね？』

窓から視線を動かさずに心の中でそう問えば、隣の座席で仏頂面をしている光栄が重々しく頷いた。

狩衣の公達《きんだち》が電車の座席に座っている光景というのは、なんともちぐはぐだ。れんげとしては以前上賀茂《かみがも》神社を訪れた際に、殺されかけた因縁の相手でもある。本来なら近づくのも避けたいところだが、木島神がどうしても光栄を同行させろというのでこの旅路と相成ったのだ。

阿古町《あこまち》こと白菊命婦によれば、れんげは遠出することのできない神の依代《よりしろ》となり遠方まで連れ出すことができるのだという。

光栄の肩に乗った木島神が、頭に生えた触角を揺らしている。

『うむ。近づくほどに禍々しい気が強くなっていくぞ。間違いなくあの者がその中心におる』

虎太郎の手がかりが手に入ったのは嬉しいが、それが禍の中心だというのは信じたくない。

車窓を流れる牧歌的な風景を眺めながら、れんげは絶対に虎太郎を助けると決意を新たにしていた。

空はまるで、これからの行く末を暗示するかのように重い雲が垂れ込めていた。

⛩ ⛩ ⛩

宮津駅は、予想していたよりも小さな駅だった。大都市の駅に慣れたれんげからすると、本当に特急の停車駅かと疑ってしまう程度には、こぢんまりとしている。

地元民からすると顰蹙《ひんしゅく》ものの感想だが、れんげは国内を旅した経験があまりないので、これはある意味仕方がない。

宮津駅には、アニメーション調の可愛い女の子のポスターが飾られていた。なんでも、近くで沈んだ戦艦をキャラクター化した女の子らしい。

れんげにはなんのことか分からないが、村田がいたらきっと詳しく説明してくれたことだろう。

喫茶店にでも入って今後の方策を練ろうと考えていたのだが、まだ昼前なので駅前の店はどこも開店前のようだった。仕方なく休憩スペースで缶コーヒーを買い、木製のベンチに腰を下ろす。平日の昼間だからか、れんげの他に人影はない。

『虎太郎殿は一体どこに行ったのでしょう……』

クロが不安げに尻尾を揺らした。残念ながら、クロには木島神の言う禍とやらが感じ取れないらしい。電車を降りてからずっと、何かを探すように鼻先をひくつかせては、じれったそうに鼻頭を掻いている。

『鬼の気配はある……が、どこにいるのかまでは追えんな』

木島神が生真面目な顔をして言った。その小さな手で顎を撫でている様は、どこかマスコットめいている。

「鬼？」

れんげは思わず声に出していた。

『そうだ。強い強い鬼の気配がする。鼻が曲がりそうじゃ』

そう言うと、木島神はその小さな鼻に皺を寄せた。

れんげは思わず光栄を見る。晴明に対する恨みから、鬼となった光栄が襲い掛かってきたのは遠い過去の話ではない。ほんの数ヶ月前の出来事だ。

れんげの視線を受けて、光栄は不愉快そうに鼻を鳴らした。

『自らに角を生やしておいて言い訳もできぬが、麿は禍など起こしておらぬ』

そうは言うが、被害を受けた側から見れば立派に禍だったと言える。れんげの訝しげな視線に気づいたのか、木島神は張り詰めていた顔を緩ませた。

『随分と仲がよいようだ』

「どこが！」

『どこがだ！』

神の目にはこれが親密だと映るようだ。

光栄も心外だとばかりに眦《まなじり》を吊り上げている。そして彼は吐き捨てるように言った。

『木島様の言いつけでなければ、どうしてこのような女と』

それはこっちのセリフだと言いかけて、れんげは必死にこらえた。こちらとて、虎太郎のことがなければ光栄に取り憑かれるなどごめん被りたいところだ。そして辺りにとげとげしい空気が流れる。

すると木島神が、呆れたとばかりにため息をつく。

『このような時に、仲違いしている場合か。事態は深刻じゃぞ。とくにれんげじゃ』

「私？」

『そうとも。どのような鬼かは分からぬが、都にいても感ずるほどの力の持ち主じゃ。ことによれば日の本が滅ぶぞ』

れんげは唖然《あぜん》とした。

頭の中は虎太郎のことばかりで、禍なるものがそれほどまでに深刻なものだとは考えていなかったのだ。

光栄はじめ鬼女など禍々しいあやかしと対峙したことはあれど、それらは個人的な危機に留まっていた。だから今回、まさか日本規模のものとは考えていなかった。

クロに出会う前のれんげなら、間違いなく聞き流すか一笑に付していただろう。だが今は、そうはできないのだった。例えばれんげの元彼のように、あやかしの影響を受けた人間が凶行に走ることもある。

あやかしの力は、目に見えないだけで確かに在るのだ。

「そんな……それこそ、私に何ができるって言うのよ……」

詳しい知識があるわけでもなく、対処法も知らない。ただ見えるだけで、最近色々と押し付けられすぎている。明らかにキャパオーバーだ。

『これは随分と気弱なことを言う。ならば都に戻るか？　儂は止めんぞ。だがこのままでは日の本に禍が及ぶ。おぬしの大切な者も帰ってこぬぞ』

煽るような木島神の言葉に、れんげは黙り込んだ。

煽られなくたって、尻尾を巻いて逃げることなどできるはずがない。たとえ何があろうとも、虎太郎を取り戻すという気持ちが変わるわけではない。

れんげは唇を噛んだ。

「それで一体、私にどうしろと？」

『とにかくこの地の鬼について調べるのじゃ。儂はしばらく別行動するからの。光栄と仲良くせいよ』

木島神のこの言葉に、れんげと光栄は顔を見合わせた。

この男と二人きりなど、全くいい予感はしない。

木島神の指示に、れんげは不安を抱きつつも頷いた。虎太郎を絶対に見つけ出すと決めたのだから、途中で迷ったりしている場合ではないのだ。

調べものへ出かけるために、れんげはまずホテルに荷物を置いた。その後、自分でも確かめたいことがあるという木島神と別れ、光栄とクロを連れて最寄りの図書館へと向かう。

光栄は見るもの全てが珍しいらしく、あちこち見回してはれんげに気取られるのを恐れ仏頂面に戻るという行為を繰り返していた。まるで旅行中に親と喧嘩した少年のようである。

　宮津市は観光地として有名な天橋立《あまのはしだて》を擁《よう》し、同時に細川忠興《ほそかわただおき》・ガラシャ夫妻が新婚時代を過ごした地としても知られる。

　明智《あけち》光秀《みつひで》が討たれてのち、その娘であるガラシャの処分に困った忠興は、彼女を京丹後市の味土野《みどの》に幽閉したと言われる。

　味土野は丹後半島にの付け根にある宮津市の北部に位置する。忠興は馬で天橋立を突っ切り、彼女のもとに通ったのかもしれない。幽閉されていた二年間の間にガラシャは忠興との子を二人成している。

　しかしこの後ガラシャの身柄は大阪に送られ、関ヶ《せきが》原《はら》の戦いの直前に石田《いしだ》方の人質になることを拒絶して自ら果てた。

　この海沿いの地は、ガラシャが最も幸せな時間を過ごした地と言えるだろう。

　図書館へ向かう道すがら、れんげは市役所横に建つ細川ガラシャの像を見た。歴史に詳しくないれんげでも、一心に祈るその姿には感じるものがあった。

⛩ ⛩ ⛩

目的の宮津市立図書館は、海を臨む「ミップル」というショッピングセンターの中にあった。公園の併設された気持ちのいい場所だ。

どこから手を付けていいのか分からず、図書館の検索用のパソコンで鬼というキーワードを入力し、ヒットした本をいくつか流し読みしてみる。

だが、どうも鬼の概念やその成り立ちについての本という印象で、具体的にこの近辺で禍を起こしそうな鬼というのは分からなかった。

早々に行き詰ってしまったれんげは、自力で探すのを諦めカウンターで尋ねてみることにした。

「すいません」

雑事をしていたらしいその女性は、声をかけると笑みを浮かべた。

「どうしましたか？」

「ええと、この辺りの鬼伝説についての資料があれば読みたいのですが……」

「この辺りと言うと、やはり大江山《おおえやま》の酒呑童子《しゅてんどうじ》伝説でしょうか」

「酒呑童子、ですか？」

れんげがそう問い返すと、窓口の女性は少し不思議そうな顔をした。どうやら知らないことを意外に思うほど有名な鬼らしい。

「そうですね。あ、鬼についてなら、ここで詳しい展示が見られますよ」

そう言って、彼女は机の上に束になっておかれていたチラシを見せてくれた。そこには『日本の鬼の交流博物館』と書かれている。

だがそれよりも目を引いたのは、チラシの中心に書かれた『転生したら鬼退治を命じられました展』という文字だった。

どうして転生する必要があるのかはよく分からないが、とにかく鬼についての博物館であることは間違いないらしい。

れんげはありがたくそのチラシを受け取ると、図書館を後にした。入り組んだ若狭《わかさ》湾《わん》の海辺に、夕日がじりじりと沈んでいく。美しくて胸に迫るが、なんとも物悲しい気持ちになった。

本当にこんなことで虎太郎が見つかるのだろうかという不安に押しつぶされそうになりながら、その日は大人しくホテルに戻ったのだった。

⛩　⛩　⛩

翌日、れんげはタクシーを一日借り切って『日本の鬼の交流博物館』へ向かうことにした。前日に調べたところ、博物館が山の中にあることが分かったからだ。電車とバスを乗り継いで行くこともできるが、それだと咄嗟《とっさ》に対処ができない。

そうなって初めて、地方での移動には車が不可欠なのだと実感した。

先月の猫探しで虎太郎が車を出してくれたのは、彼がそのことを知っていたからなのだろう。

改めて彼の優しさが身に染みて、なんとも言えない気持ちになった。

無事に『日本の鬼の交流博物館』に到着すると、運転手を待たせ、れんげは建物に向かって歩いた。ここにたどり着くまで曲がりくねった山道の連続で、後部座席にいたれんげは少し酔ってしまっていた。よくぞこんな場所に博物館を建てようと考えたものだ。

『こ、これはなんと面妖な……』

傍らにいた光栄が、動揺も顕わな声をあげる。

何かと思って顔を上げると、そこにあったのは見上げるような巨大な鬼瓦だった。おそらく二階建ての建物くらいはあるだろう。瓦とは言うが、とても屋根に乗せられるものではない。オブジェだ。

そして建物の中は、まさに鬼鬼鬼のオンパレードだった。壁には世界中の鬼やそれに類するものの面が飾られ、また別の壁には青鬼赤鬼、追儺面《ついなめん》や天狗など、こちらは日本各地の鬼の面が並べられていた。

一つでも大層迫力がある鬼の面が、一か所に集まっているのだからなんとも壮観だ。

『一体ここはなんのための場所なのだ？　鬼を信仰する一族の棲み処なのか？』

光栄の目には特に異様に映ったのだろう。彼は今にもその一族が襲い掛かってくるのではないかというように、周囲を警戒していた。

彼の生きた時代には、博物館など存在しなかっただろうから無理もない。彼には博物学の概念などなく、これら鬼の面は全て現役で使用されている道具に見えるのだろう。

『ま、まあ危険はないわよ。多分……』

おざなりな否定をしつつ、れんげは順路を進んだ。

外にあったものほどではないが大小さまざまな鬼瓦や、掛け軸、鬼の伝説について書かれた和本など、よくも鬼に絞ってここまでの展示品を集めたなという圧巻の物量だ。

そしてそれらの展示を見学し、れんげは大江山周辺に大きく分けて三つの鬼伝説があることを知った。

まず一つ目は、日子坐王《ひこいますのきみ》による土蜘蛛《つちぐも》退治だ。

この伝説は古事記にも記されており、日子坐王は第九代開化《かいか》天皇の皇子として登場する。蜘蛛ならば鬼と関係ないのでは思われるかもしれないが、土蜘蛛というのは朝廷に従わない地方豪族の蔑称であり、かつてはそれらの人も鬼と呼ばれた。

人ではない者。異形の者。全てが鬼だったのだ。

この地にいたのは、陸耳御笠《くがみみのみかさ》という鬼だった。

二つ目は、聖徳太子《しょうとくたいし》の弟である麻呂子親王《まろこしんのう》の伝説だ。聖徳太子も麻呂子親王も共に用明《ようめい》天皇の息子であり、母はそれぞれ古代豪族である蘇我氏、葛城氏から天皇に嫁いでいる。

その時代に大江山を拠点としていた鬼は三体で、それぞれ軽足《かるあし》、英胡《えいこ》、土熊《つちぐま》といい彼らは鬼の集団を率いていた。

麻呂子親王は一万の軍勢を率いてこれに立ち向かい、苦心の末に彼らを討伐することに成功した。

その後彼は征新羅《せいしらぎ》将軍を命じられたとあるから、天皇には将軍として頼りにされていたのだろう。

そして三つ目が、いよいよここに来るきっかけとなった酒呑童子の伝説である。今も、この『日本の鬼の交流博物館』周辺の大江山山中には酒呑童子由来の伝説の地が数多く残る。

九九〇年のこと、酒呑童子は茨木《いばらき》童子を副将とし、他にも熊童子、虎熊童子、星熊童子、金熊童子の四天王を率いて都で悪行を働いていた。

時の帝は源氏の頭領である源頼光《みなもとのよりみつ》に、酒呑童子討伐の勅命を下す。頼光は渡辺綱《わたなべのつな》、坂田公時《さかたのきんとき》、碓井貞光《うすいさだみつ》、卜部季武《うらべのすえたけ》、藤原保昌《ふじわらのやすまさ》の助けを借り、目立たないよう山伏に変装し大江山に潜入する。

ちなみに、この坂田公時というのは「まさかり担いだ」で有名なあの金太郎だ。

五人が自分を倒しに来たと知らない酒呑童子は、酒を供して彼らを歓待する。すっかり油断した酒呑童子は毒の酒を飲まされ、動きが封じられたところを退治されてしまうのである。

それらの説明書きを読みながら、れんげは木島神の言っていた禍を成す鬼というのは、一体どれのことなのだろうと思った。

『酒呑童子は知っているが……土熊などという鬼は知らんな』

光栄が訝しげな顔で言った。

『酒呑童子は昔から有名だったの？』

他の客に気取られないよう、れんげは心の中で光栄に問いかけた。

『ああ。だが、麿の記憶では老ノ坂の鬼であったように思うがな。それにしても、頼光殿の絵巻というのは興味深い』

『知ってるの？』

『麿の時代、頼光殿を知らぬ者などいなかった。武者であったが風流も解する御仁でな。だが同時に物の怪退治でも名を馳《は》せていた』

『物の怪退治？』

『蝦夷《えぞ》の鬼だの土蜘蛛だの、物の怪が出たとあればそれらを退治するよう命じられるのは頼光殿であった。帝の信頼篤く、頼光殿も必ずその期待に応えられた』

『へえ。じゃあ直接会ったことがあるの？』

れんげが問い返すと、光栄の機嫌がなぜか急激に悪化した。山の天気より気分が変わりやすい御仁だ。

『……詳しくは知らん。晴明と昵懇《じっこん》であったと聞くから、やつに聞けばよかろう』

どうやら不機嫌の理由は晴明のことを思い出したかららしい。理由《わけ》あってのことだが、光栄と晴明は千年以上も関係を拗《こじ》らせているのだ。

おかげで初対面にも関わらず因縁をつけられたりと苦労した。

深く追求しても相手の機嫌を悪化させるだけだと思い、れんげは話を変えることにした。

『この中に、禍を起こすっていう鬼はいるの？』

光栄の機嫌は目に見えて回復こそしなかったが、その顔は考え込むような表情に変わった。

少しして、そっけない返事が返ってきた。

『分からん』

『分からんって……あのねぇ』

頼りの光栄がこれでは、どうしたらいいのだと途方に暮れてしまう。木島神は確かに鬼について調べるようにと言っていたが、果たしてこんなことをしていて虎太郎を見つけることができるのだろうか。

れんげの中の不安な気持ちがどんどん首をもたげてくる。

『ん？　これは絵巻か？』

そんな時、光栄が興味を示したのは壁に掛けられた三幅対《さんぷくつい》の掛け軸だった。

まるで物語が進行するかのように、鬼退治の様子が順番に描かれている。最初は酒呑童子退治のものかと思ったが、説明書きによると麻呂子親王伝説を描いたもののようだ。

『おお、ここで鬼に噛みついているのは白狐ではありませぬか⁉』

クロが興奮したように尻尾を振りながら言った。

言われてみれば、確かに最後の鬼との対決シーンで白い狐のような動物が勇ましく鬼に襲いかかっている。

「ん？　何これ」

クロの言う白狐は、頭に黒い漬物石のようなものを載せていた。未だかつて、そんなものを載せた狐など見たことがない。

やけに詳細に書かれた説明書きによれば、描かれているのは狐ではなく白犬で、頭に載せているのは鏡とのことだった。

『残念ながら、狐じゃなくて犬だって』

『そ、そんなはずは！』

クロはあからさまに動揺した。この狐はあまり犬が得意ではないのだ。

『うう……れんげ様！　てれびがありますぞ。てれび！』

話を逸らすようにして、クロが駆けていく。向かった先にはテレビが一台置かれていた。現代社会に馴染んでいるクロは、テレビを見るのが大好きなのだ。

鬼についてのドキュメンタリーでも流しているのかと思ったら、例のチラシに載っていた『転生したら鬼退治を命じられました展』の動画だった。

主人公である会社員が源頼光に転生してしまうという突飛な設定だが、現代風の言葉で筋書きをスピーディに分かりやすく説明してくれるので、れんげとしては大層ありがたかった。

だが、日本に禍を起こすという鬼は、さすがにこんなコミカルな存在ではないだろうなと思いもした。

⛩ ⛩ ⛩

『日本の鬼の交流博物館』を後にして、れんげはタクシーでとある場所に向かっていた。

展示を一通り見終わった後、この辺りに鬼の出そうなスポットはないかと職員に尋ねてみたところ、ある場所を紹介されたのだ。

職員は苦笑していたが、それも仕方ないことだと思う。子供ならいざ知らず、大人が真面目な顔をして問うにはなんとも恥ずかしい質問だった。気まずさから、販売していた鬼についての冊子を購入してお茶を濁したほどだ。

だが、背に腹は代えられない。

「あかん。これ以上は車じゃ無理ですね」

タクシーの運転手が申し訳なさそうに言った。有名な観光地には行きたがらず言葉少ななれんげを、中年の運転手は少し不気味そうに見ている。

車が停まったのは何やら厳めしい施設の前だった。まっ平らな巨大な屋根がついている。建物の周りには有刺鉄線の付いた柵が張り巡らされている。看板には警告と、国土交通省大阪航空局の文字。どうやら航空関係の施設のようだ。

だが、れんげの目的地はこの建物ではなかった。用があるのは、横に伸びた砂利道の方だ。

砂利はすぐになくなり、芝生の道になった。山の中なのに、随分としっかり整備されている。舗装こそされていないが横幅もあり、車も通れそうだ。実際行き来した車があるのか、芝生にはうっすら車の轍がついている。枯れた薄《すすき》が、寂し気に揺れていた。

道の両脇には先を見通せないほど木々が密集していた。風にあおられるためか、それらの木々は一定の法則を持ってカーブしている。

しばらく歩くと、突然視界が開けた。

クロは景色を見てはしゃいだ声を上げた。開けた場所から。どこまでも続く青い山の連なりが見渡せる。まるで縦に千切った紙を幾重にも重ねたみたいだ。

『壮観ですな～』

そしてそんな山の合間に、何枚もの田んぼと密集する家々が見えた。こんな状況でなければ、なんていい眺めなんだと心が躍ったことだろう。

開けた敷地には芝生が敷かれ、スカイスポーツに用いるであろう飛行台が見えた。そのためにここまでの道が整備されていたのかと納得する。休憩用と思しき木製のベンチが二つ並んでいた。

だが、れんげの目的地はここではない。

『日本の鬼の交流博物館』で聞いた通り、広場の端に『鬼の岩屋』と書かれた小さな看板が立っていた。

どうやらここまでの道は間違っていなかったようだ。

はしゃぐクロとなぜか殊更険しい顔をしている光栄を連れて、れんげはさらに先に進む。

そこから延びる道は、前に人が通ったのはいつなのかと疑問に思うような杣道《そまみち》だった。途中、熊出没注意の標識を見かけ血の気が引く。

「く、くま？」

『なんの熊ごとき、我が追い払って見せます！』

クロが元気よく宣言するが、化け熊ならまだしも生きた熊にクロが対応できるものだろうか。

幸い電波はあったので、スマホに熊よけ鈴の音声をダウンロードし、音量を最大にして流しながら進む。恐ろしい鬼を探しに来て、熊に怯《おび》えるというのもなかなか滑稽だが仕方ない。

しばらく獣道をおそるおそる進んでいくと、目の前の木陰に何やら動くものが見えた。

一瞬熊かと思い血の気が引く。

だが脳みそが動くものの正体を認識した瞬間、れんげは思わず叫んでいた。

「虎太郎！」

けぶるような緑の中に立っていたのは、熊でも鬼でもなく間違いなく虎太郎だった。

れんげはすぐに走り出す。積もった落ち葉に足を取られたが、今はそんなことはどうでもよかった。転がりそうになりながら彼に駆け寄る。

「一体どこにいたの！」

熊への恐怖など吹き飛んで、もう目の前の虎太郎のことしか考えられなくなっていた。何をしていたのか。どうしていなくなったのか。何か悩みでもあるのか。私にできることはあるのか。

虎太郎に問いかけたいことが山ほどあった。言いたいことがたくさんあり過ぎて、逆に何から尋ねていいのか分からないくらいだ。

けれど、虎太郎の目の前で立ち止まったれんげは、二の句が継げなくなった。

「こた……ろう？」

虎太郎は眼鏡を掛けていなかった。そして色素の薄いその目で、無感情にれんげを見下ろしていた。

逃げるでも、驚くでもない。ただただ無感情に、雪のただなかのように凍《こご》えた瞳で。

『離れろ！』

光栄が叫んだ。

れんげの視界が白で満たされる。それは光栄の背中だった。彼はいつの間にかれんげと虎太郎の間に割って入っていた。

「うわっ」

それと同時に、光栄の体が吹き飛ばされた。れんげも驚いてその場に尻もちをつく。一瞬の間に何が起こったのか、全く理解できなかった。

『虎太郎殿……その頭は……』

クロの言葉に、慌てて虎太郎の頭に目をやる。天然パーマの髪の中から、二本の白い角が飛び出していた。よく見れば口元からは牙が伸び、明らかに通常の様子とは異なっている。

なんの冗談だ。れんげは思わず怒鳴りたくなった。

冗談だったら、どれほどよかったか。けれど相変わらず冷たい虎太郎の表情が、これは現実なのだと突き付けていた。

『人か』

虎太郎の口が動いた。だがその声はクロたちのそれのように頭に直接響いてくるような声であった。

さらに言うなら、聞きなれた虎太郎の声とは遠くかけ離れていた。

コレは虎太郎じゃない。れんげは嫌というほど思い知らされた。ではなんだ。コレはいったいなんなんだ。

「あなたは誰なの?」

震える声で、問いかけた。

足が萎えて立ち上がることができない。いや違う。恐ろしいのだ。目の前の存在が不可解すぎて、鳥肌が立つ。

「ねえ、あなたが鬼なの？　虎太郎をどうするつもりなの！」

れんげの悲鳴が、人気《ひとけ》のない山の中に吸い込まれていった。

『うるさい』

はじめは小さな呟《つぶや》きだった。

『うるさいうるさい！　俺を、俺を裏切りやがって。帝《みかど》がなんだ、朝廷がなんだ。豊聡耳《とよさとみみ》が全て正しいのか。己の正義をこちらに押し付けているだけではないかっ』

虎太郎の――鬼の叫びからは底知れない怒りが感じられた。

突然強風が吹いて、周囲の木々が荒々しく揺れる。れんげはとっさに目を閉じて己の顔を庇った。

風が止んでおそるおそる目を開くと、目の前にはクロのお尻があった。どうもれんげを守ろうとしてこうなったらしい。

体をずらして、先ほどまで虎太郎が立っていた場所に視線をやる。だがほんの一瞬の間に、虎太郎は姿をくらましてしまっていた。

『思った以上に厄介だな。これは』

れんげを庇って吹き飛ばされた光栄が近づいてくる。萎えた足を叱咤してなんとか立ち上がると、れんげは毛を逆立てているクロを落ち着かせるために撫でた。もちろん、自分が落ち着くためでもある。即席アニマルセラピーだ。

「一体あれはなんなの？」

光栄に尋ねる。彼は不機嫌そうに答えた。

『木島様が仰っていた鬼だろう。自分でもそう言っていたではないか』

虎太郎に鬼なのかと尋ねたのは、角という身体的特徴を見て反射的にそう思ったからだ。確信があったわけではない。

だが光栄の言葉で、れんげは認めざるを得なくなった。

虎太郎が鬼に取り憑かれてしまったのだと。そしておそらくは、そのせいで帰ってくることができなかったのだろうとも。

「こんなことなら、もっと早く捜しに来るんだった」

虎太郎を見つけることができて、嬉しかった。けれどその虎太郎が正気ではないと知って、今は憤りと悲しみを覚える。

どうして放っておいてくれないのか。なんでいつもいつもおかしなことに巻き込まれるのか。

『れんげ様……』

俯いたれんげを心配して、クロが顔を覗き込んでくる。その黒々とした目がこちらを見つめていた。

れんげは胸いっぱいに息を吸い込むと、強く拳を握りしめた。

「なんで……」

俯いた拍子に長い髪が流れて、れんげの表情を覆い隠した。

『おい。そんなに落ち込まずとも……』

「一体なんだってのよ――！」

見かねた光栄の慰めを遮るように、れんげは叫んだ。

れんげの叫びが、京都北部に連なる大江山連山に響き渡る。あろうことかやまびこまで返ってきた。

「突然帰ってこなくなって、こっちがどれだけ心配したと思ってるの⁉　その原因が鬼⁉　常識外れもいい加減にしなさいよ！　こっちは狐一匹で手いっぱいだってのっ。なんで毎度毎度、変なことに巻き込まれるのよ‼」

人気もない山奥であることも手伝って、れんげの叫びを聞き咎《とが》める者はいない。唯

―いるとするなら平安時代の陰陽師と神使の狐だが、彼らはれんげの思わぬ奇行に目を丸くして固まっていた。

ようやく言いたいことが終わったのか、れんげは肩で息をしながら黙り込んだ。

その目は据わっていたしなんだか妙な迫力があった。

(もう鬼でも何でもいい。絶対に虎太郎は助け出す)

れんげは唖然とする仲間たちなどお構いなしで、サクサクと道を進み始めた。

(ここで諦めるなんてありえない。いつまでもぐちぐち言わない！　今までだって、分からないながらに、なんでもがむしゃらにぶつかってきたじゃない。それでどうにかなってきた。だから今回も、きっとどうにかなる。どうにかしてやる)

れんげはそう、思い込むことにした。

『れ、れんげ様？　どこに行くのですか？』

おずおずと、クロが尋ねる。その声に振り返り、れんげは言った。

「もしかしたら虎太郎はこの先の岩屋に向かったのかもしれないわ。今度こそとっ捕まえてやる。行くわよ！」

光栄とクロは顔を見合わせたが、れんげのやる気に引っ張られるようにして、その後に続いた。

⛩⛩⛩

するとほどなく、再び木々が開けた場所に着いた。木々が払われ、荒れてしまわないよう地面には芝が植えられている。

目を引いたのは、そこに鎮座する大きな石の案内板だ。ちょっとしたテーブルくらいの大きさだが、そこにはここに鬼の岩屋がある旨と、先ほど日本の鬼の交流館で知った三つの逸話、さらには鬼の岩屋の断面図が描かれていた。

鬼の岩屋というのは、かつて鬼が暮らしたと言われる洞窟だ。

断面図によると、入り口は二つ。最初の空間を抜けると一度道がすぼまり、その先に千畳敷と呼ばれる七〜八メートルほどの空間があるらしい。

案内板のか所から恐る恐る斜面を下ると、確かに重なり合った巨石の間に、人が通れそうな穴がぽっかりと開いていた。

と言っても、れんげが這いずってどうにか入れるかもしれないという程度の穴で、大人の男性が通るのは少し厳しそうである。

なにより、岩は苔生《こけむ》していて滑りやすそうだ。なんの準備もなしに近づくのは無謀のように思える。

しばらくそこでどうしようか悩んでいると――。

「あれ？」

はじめは風の音かと思った。

高くてか細い音が、切れ切れに耳に届いた。

だがすぐに、それが子供の泣き声だと気づく。大声で泣くわけではなく、必死に声を押し殺して泣いているような声だ。

れんげはすぐに、声の主を探した。

こんな山の中で子供の泣き声がするなんて、どう考えても異常だ。もしかしたら、親とはぐれて迷子になっているのかもしれない。

だが、れんげの予想はすぐに裏切られた。

『れんげ様！　この中です』

小さな岩屋の入り口を覗きこむようにして、クロが叫んだ。驚いたことに、声の主は不気味な岩屋の中にいると言うのだ。

迷子の子供が、雨を避けて岩屋に逃げ込んだという可能性も皆無ではない。だが、穴から響く泣き声というのはあまりに異様だった。

逡巡《しゅんじゅん》するれんげの前に、光栄が進み出る。

『迂闊に声などかけるなよ。相手によっては、取り憑かれるぞ』

その忠告に、れんげはぞっとした。やはりこの声の主は、人間ではないのだ。

光栄は何やらお札のようなものを取り出すと、それを口に咥えてふっと息を吐いた。するとただの紙であったはずなのに、お札は白い小鳥になって岩屋の中に飛び込んでいった。

それは目にも止まらぬ速さで、何をしているのか問う暇もなかった。正確には、そんなことをしている場合ではなくなった。

なぜかというと、待機していたクロが小鳥の動きに本能を刺激されたらしく、その軌道を追って岩屋に突っ込んでいったからだ。

「クロ⁉」

予想外の展開に、れんげは素っ頓狂な声を上げた。最近のクロは落ち着いていたので、れんげは油断して忘れていたのだ。この狐が元々大変なトラブルメーカーであるということを。

『何をしているんだ』

光栄が怒りの声を上げるが、全部後の祭りだ。

お前のしつけはどうなっているんだとばかりに突き刺さる視線には、返す言葉もない。

息を呑んで岩屋の中を見守っていると、しばらくして光栄が放った鳥が戻ってきた。鳥は白い光の尾を引きながら飛び出すと、ピィと高く鳴いて光栄の周りを飛んだ。

まるで何かを知らせようとしているかのように。

気づくと、岩屋から聞こえていた泣き声が大きくなっている。声の主が近づいているのだ。

姿の見えない相手の気配に、ざわざわと肌が粟立つ。れんげは自分でも気づかない間に身構えていた。

「ぐすっ、ぐす」

しゃくりあげる子供の声。

思わず「大丈夫?」と尋ねたくなるような、憐れみを誘う泣き声だ。クロが戻っていないこともあって、ひどく落ち着かない。

やがて暗い岩屋の入り口から、尖った三角耳が顔を出した。

『ほれ、外だぞ。いい加減に泣きやめ』

なんとも困ったような声を出したのは、いつもれんげを困らせてばかりいる神使の狐だった。

　クロは真っ黒い穴から這い出すと、やけに心配そうに穴の中を覗き込む。

　そしてそんなクロの後に続くようにして、小学校高学年くらいの子供が穴から這い出してきた。手足が長く。日本人というよりは外国人の子供のようだ。

　麻袋を逆さに被ったような粗末な服を着て、肌は薄汚れて悪臭を放っていた。髪はどれくらい洗っていないのかガビガビに固まっている。

「うぇ」

　ずっと泣いていたせいか、子供がえずく。

『安心しろ。れんげ様なら必ずお前の仲間たちを見つけ出してくれるぞ！』

　れんげの許可も得ず、狐が自信満々に請け合っていた。子供を慰めたいのだろうが、あまり無責任なことを言われては困る。

「ええと……あなた名前は？」

　れんげはまず、子供の名前を尋ねるところから始めることにした。

　子供は苦手だが、以前特殊な赤ん坊を拾ったことがあるので、苦手意識は大分薄れている。

　ぐすんぐすんと涙を拭いつつ、少年はまっすぐにれんげのことを見上げた。顔を上げた少年に、れんげは思わず息を詰める。驚いたことに、その目は黄金に輝いていた。

そんなれんげの態度に構わず、少年は蚊の鳴くような声で呟く。

「カル」

「カル？」

「うん。おいらの名前はカルだよ」

泣き濡れる少年を前にして、れんげは困り果てていた。

虎太郎の甘味日記　～兎伏編～

いつもの朝。いつもの家。何も変わらないはずの日常。

なのに何かがおかしい気がする。

「なんでやろ」

己の中の戸惑いが、思わず口をついた。

「なに？　独り言？」

襖の隙間から妻のれんげが顔を出した。まだ朝が早いので、眠そうに目をこすっている。

「パパ、今日もお仕事ー？」

娘のまなが、顔を覗かせる。四歳半の、おしゃべりが大好きな女の子だ。虎太郎は腰を折ると、まなの柔らかくて頼りない頭を撫でた。たったそれだけのことで嬉しそうな顔をする我が子が、愛しくてたまらなかった。

「今日は早く帰ってきてね。工務店さんとの打ち合わせなんだから」

「分かってるよ。なんでも任せきりにしてごめんね」

「それはいいけど、あなたの家でもあるんだから」

子供を産んでから、れんげはどこか角が取れた気がする。ふとした時の表情が優しくなった。

家というのは、今住んでいる町屋を取り壊してこの土地に建てる新居のことだ。世話になった谷崎から正式に買い取って、ここに子供部屋のある二階建ての家を建てるのだ。

不動産会社勤務のれんげが、虎太郎とまなの希望を取り入れつつ計画を練ってくれている。仕事に関してはしっかりした人なので、すっかり任せてしまっているのが心苦しい。

百貨店に入社から数年して、虎太郎は希望通り和菓子売り場のバイヤーとして抜擢された。まだまだ若輩者だが、地方の和菓子店の和菓子をお客さんたちが嬉しそうに買っていくところを見るのは、なんともいえない喜びがある。

日々日本全国津々浦々、和菓子屋さんへの挨拶周りと新たな和菓子を扱うための情報収集に心身を傾けている。

今は十二月。師走《しわす》の和菓子屋はどこも忙しくしている。その最中だが、虎太郎にはずっと抱き続けている野望があった。

上賀茂《かみがも》神社で元旦に行われる歳旦祭《さいたんさい》で、古来より神饌《しんせん》として捧げられる、うさぎの形をした餢飳《ぶと》を和菓子店で商品化して販売したいと考えていた。

餢飳とは米粉に水を加えた生地を成形し、油で揚げた歴史の古い菓子だが、上賀茂神社のそれはかなり特殊である。

他の餢飳が餃子のような形をしているのに比べ、上賀茂神社では餢飳を『伏兎』と書いて『ぶと』と読ませるのだ。形も名前そのままに、伏せたうさぎの形である。しかもこれは油で揚げないのだ。

他にも岩清水八幡宮にも兎餅が供えられる。この二社は古くから京都の南北を護り、競馬《くらべうま》で競う仲である。

どうしてうさぎなのか。なぜ油で揚げないのか。疑問はいろいろあれど、干支がうさぎである来年店頭に並べるのはうってつけのお菓子である。

作り方がそのままだとほぼただの餅なので工夫は必要だろうが、必ずお客様に喜んでいただける和菓子になるはずだ。

そんなことを考えていると、わくわくと気分が弾んできた。朝から晩まで和菓子のことを考えているのは幸せだ。そばに大切な家族がいるなら尚更。

けれど——時折ふと、心に澱《おり》のように浮かんでくる違和感がある。この家族に、何かが足りない気がするのだ。そんなことを言えば、不満があるのかとれんげがへそを曲げてしまいそうだが。

ふわふわとした騒がしい何かが、家の中に足りない気がする。ペットが欲しいのだろうかと自分に問いかけてみるが、犬も猫も何かが違う。欲しいのは新しい同居人ではなく、馴染みのある何かなのだ。

子供の頃から一度もペットなど飼ったことがないのに、こんなふうに思うのは自分でも不思議だった。

とりあえず、新しい家でペットを飼おうとれんげに打診してみるべきか。まなだってきっと、喜ぶに違いない。

「朝ごはんできたわよ」

れんげの呼ぶ声を契機に、虎太郎は己の中に感じた違和感を、きっぱり忘れてしまうことにした。

おかしなことなんてあるはずがない。今の自分は全てが充実し、満ち足りている。これ以上を望むなんて贅沢だ。

「どうしたの？　気分でも悪い？」

れんげに尋ねられ、虎太郎は苦笑して首を左右に振った。どうやら己の感じていた胸のつかえが、顔に出ていたらしい。大学を卒業して接客業に従事してからは、己の感情を取り繕うことにも慣れたつもりでいたが、どうしても妻には見抜かれてしまう。

「なんでもないよ。なあ、まなは犬さんと猫さんやったらどっちが好きや？」

子供用のフォークでミニトマトを捕まえようと躍起になっていた娘は、ケチャップで汚れた顔で弾けるように笑った。

「うんとね、ぶたしゃん！」

豚はさすがに飼えないなと思いつつ、虎太郎は食卓についた。

三折

赤い羽の少年

夕刻になりれんげが連れ帰った少年の姿に、タクシーの運転手は大層驚いていた。どうやら彼の姿は普通の人間にも見ることができるらしい。

迷子になっていた知り合いの子供を見つけて保護したというれんげの言い訳を、運転手はどうにも疑っているようだ。

それもそうだろう。逆の立場だったら、れんげだって疑う。運転手の脳内は今、警察に行くべきかそれとも児童相談所に通報すべきかと、対応策を検討しているところだろう。

だが運よくというかなんというか、れんげたちは最後まで通報されることもなくホテルにたどり着くことができた。

それはカルが――

「おばちゃんお腹減った」

どうやら人懐っこい性格らしく、あれほど泣いていたのが嘘のようにれんげに懐いてきたからだ。基本子供に好かれるタイプでないれんげは、これに驚き、うっかり取り乱しそうになってしまったほどだ。

ホテルに戻る前にタクシーで大型スーパーに寄ってもらい、カルの衣服や食事など必要そうなものを一気に買いこんだ。

幸い、以前拾った赤子と違ってカルは言葉も通じるし、大人と同じ物を食べることができるだろう。かつてのことを考えれば世話はだいぶ楽なはずだ。

フロントで宿泊者が一人増える旨を伝えると、ありがたいことに小学生以下は宿泊料が無料だと言われた。そのまま荷物と一緒にカルを部屋に連れ帰る。

だが汚れているカルをお風呂に入ってもらおうとしたところで問題にぶち当たる。れんげはカルから一人ではお風呂の使い方が分からないと言われて途方に暮れた。

子供とはいえ小学生ぐらいの男の子と一緒にお風呂に入っていいのだろうか。れんげは迷いに迷い、服を着せたまま頭を洗うのだけは手伝い、残りはクロに、風呂の入り方を教えてあげるようにと頼んだ。

テレビのおかげで現代社会に精通する狐は、れんげの頼みを喜んで受け入れると、カルに指示を出し始めた。一応、お目付け役ということで光栄も風呂に付いて行ってもらっている。そうそうおかしなことにはなるまい。

そう思っていたのだが。

たっぷり一時間ほどかかって、二人と一匹が風呂から出てきた。

初めてのお風呂に緊張したらしいカルと、なぜだか光栄は疲れ切った様子だ。付き添いをしていたクロだけが、褒めてくれと言わんばかりに元気に尻尾を振っていた。

そして新品のスウェットを身に着けたカルは、なぜかひどく窮屈そうだった。服が小さいのかとも思ったが、丈は足りているように見える。痩せ型なので、身頃が窮屈ということはあるまい。

そう思っていたら、突然目の前でカルが上着を脱いでしまった。下に来ていたインナーも一緒だ。

それは一瞬の出来事で、れんげは呆気に取られて止めることもできなかった。だがさらに驚いたのは、その後だ。

「くるしい！」

そう叫んだカルの背中には、驚いたことに小さな羽が生えていたのだ。木島神のそれとは違う、まるで鳥のような赤い翼である。

翼といっても本当に小鳥のそれほどの大きさなので今まで気づかなかった。羽が生えているというのは絶対に人間ではありえない。

だが上半身裸のままにもしておけないのでなだめすかしてどうにか服を着せ、風邪をひいてしまうからとドライヤーで髪を乾かす。洗っている時からもしかしてとは思っていたが、乾かしてみるとやはり、泥で汚れていたカルの髪は見事な赤銅色であることが分かった。

温かい風の吹き出すドライヤーに、カルはしばらくはしゃいでいた。そしてまたしても、驚くべきことが起こった。

「それならおいらにもできるよ！」

そう言って彼が宙に手をかざすと、その手の中に小さな竜巻が巻き起こったのだ。

それほど強い風ではなかったものの、れんげの髪が巻き込まれて大変なことになるところだった。

信じがたいことに、カルが自らの力で竜巻を巻き起こした。

れんげはカルの存在を計りかねていた。

言動は幼い子供のようだが、持っている力は人知を超えている。

本来なら彼の力を不気味に思うところだが、カルの屈託ない様子を見ているとどうしても警戒することができない。

「次から風を起こす時は先に許可を取って」

そう注意すると、カルは一転して落ち込んでしまったようだった。

濡れた髪を乾かして目に入らないようまとめると、カルはなかなかの美少年だった。

彫りが深く顔のパーツが整っているので、将来はかっこよくなりそうだ。

服と一緒に買ってきた食事を食べる段になると、お腹がすいていたのかカルはよく食べた。

ただし、食事のマナーについては最悪だった。ホテルのレストランに連れて行かなかった己の判断は正しかったと、れんげは胸をなで下ろした。

「ええと……それでカル君は、どうしてあそこにいたの？」

食事を終えて一息つくと、れんげはようやく本題を切り出すことができた。汚れた口の周りを拭っても嫌がらない彼は、少なくともれんげのことを嫌っている様子はない。

カルはれんげの問いにすぐには返事をせず、不思議そうな顔でじっとれんげのことを見ていた。

そして首を傾げたかと思うと、ぱちぱちと瞬きをした。

「どうしてって……あそこがおうちだからだよ」

カルは見た目の年齢よりも幼い話し方をする。もしかしたら発育がいいだけで、実際の年齢はもっと下なのかもしれない。

「おうち？」

「そう。おうち。あそこにみんなで住んでた」

カルの言うことが正しければ、あの岩屋に複数人で住んでいたようだ。れんげはちらりとカルの額に生えた角を見やった。

彼が本当に鬼なのであれば、鬼の岩屋に住んでいたのもある意味当然である。

「それは家族と暮していたということ？」

れんげが尋ねると、カルはまたしても首を傾げた。

「家族？　家族ってなに？」

「家族は……お父さんやお母さんは？　兄弟はいなかったの？」

尋ね返したものの、カルの不思議そうな顔は相変わらずだ。

「分からない。みんなはみんなだよ。テンコとツチクマだよ」

知らない名前だ。

「みんなはどこ？　それに、あんただれ？」

そう言われて初めて、れんげは自分が名乗ってもいなかったことに気がついた。

「れんげよ。こっちが光栄で、こっちがクロ。よろしくね」

自己紹介をし、ついでに同行者を紹介する。クロは喜び勇んでカルの前に飛び出したが、光栄は不機嫌そうに黙り込んでいた。

「よろしく！　おいらカルだよ」

その後、さすがに疲れたのかカルがうつらうつらとし始めたので、事情を聞くのはやめて就寝することになった。

シングルの部屋だが、運よく大きなソファのある部屋だったので、カルはそちらで寝てもらえばいいだろう。

すでに舟を漕ぎ始めたカルをソファに連れていく。

「れんげ。一緒に寝てよ」

れんげもシャワーを浴びてようやく就寝準備を整えたところで、ソファに横になっていた少年がそんなことを言ってきたのだ。

「眠れない？　じゃあ私がソファを使うからこっちに……」

れんげがベッドを明け渡そうとすると、カルはそうじゃないと言いたげに首を激しく横に振った。

「一緒に寝てよ。みんながいなくて寂しい……」

これにはさすがに困惑してしまった。大人だとか子供だという以前に、今日会ったばかりの人間と一緒に眠るというのはれんげには抵抗があった。

「どうしても……一人じゃ寝られない？」

できれば断りたいが、相手は子供だ。鬼とはいえ、仲間とはぐれて泣いていた子供の希望を無下に断ることはしづらい。

カルはしばらく黙り込んだ後、やっぱり無理というふうに激しく頷いた。

根負けしたれんげは、カルを招き入れるように布団を持ち上げる。

「寝ぼけて蹴らないでよ」

れんげの性格からして何も言わずに迎え入れることができなかったのだ。

ふと思い出す。もう二十年以上昔の話だが、旅先で妹と同じベッドで眠った時、夜中に蹴られてベッドから落とされたことがある。今ではいい思い出だ。

カルは一瞬嬉しそうな顔をした後、おずおずとれんげのベッドの中に潜り込んできた。

「よかった。こうしないと死んじゃうから」

カルの小さな呟きに、れんげはぎょっとした。

「死んじゃうって、どうして？」

「分かんないけど、テンコが言ってた。くっついて寝ないと冬は寒くて死んじまうぞって」

その話を聞いて、真冬にあの岩屋で寝ようと思ったら、確かに凍死の危険性があるとれんげは思った。

テンコという彼の仲間は、それが分かっていたのだろう。

今はホテルの部屋で暖房も効いているので凍死などするはずもないが、どうして危険なのか理由が分かっていなければ、先ほどのカルの発言に繋がってもおかしくはない。

れんげはこんな小さな子供が岩屋で身を寄せ合って眠る様子を想像して、胸が痛くなった。

最初にカルが着ていた服は、お世辞にも立派な服とは言い難い。布団だって当然なかっただろう。どんな過酷な生活をしていたのか、れんげには想像すらつかなかった。なぜそんな生活をしていたのだろう。そもそも一体カルは何者なのだろうか。目の前の子供はあどけなく、少し不作法ではあるが暴れることもなく従順だった。

そして次に、昼間見た虎太郎の姿が瞼に浮かんだ。

その額に生えていた鋭い角。口から飛び出した牙。虎太郎は既に、異形の者になり果ててしまったのだろうか。

眠ろうとすると、そんなことを考えて怖くなる。体は疲れ切っているはずなのに、目を閉じてもなかなか寝付くことができなかった。

隣からは、すーすーと静かな寝息が聞こえ始める。

本来なら鬼は、虎太郎を奪った敵だと考えていたはずだ。なのに、鬼の子供であるカルの寝顔にどうしようもなく癒されている自分がいた。

⛩ ⛩ ⛩

翌朝のれんげは不機嫌だった。なぜかというと、危惧していた通りカルに蹴られたからだ。

だがそんなことで子供を叱るのも大人げない。しかたなく黙って不機嫌になっているというわけである。

「ごめんよ。おいら寝てて気づかなくて……」

思いがけずカルの方から察して謝ってなどくるものだから、そんなに態度に出ていたのかと居た堪れない気持ちになった。

『大丈夫だぞ。れんげ様は優しいから、そんなことで怒ったりしないぞ』

カルを見つけて以来クロは妙な兄貴風を吹かせていて、それもれんげの調子を狂わせる。

朝食も部屋で済ませ、昨日は聞くことのできなかった細かな事情を尋ねることにした。

「ねえ、カル君はこの男の人知らない？　昨日岩屋の近くにいたんだけど、見なかったかな？」

スマホに保存していた虎太郎の画像を見せながら説明すると、カルはなぜか不満げな顔をした。

「その〝君《くん》〟って何？　気持ち悪いからやめてよ」

れんげはため息をついた。なかなか話が進まない。

「じゃあカル。この人よ。よく見て」

祈るような気持ちで、れんげはスマホを土熊の前に翳した。ようやくその視線が画面に向かったものの、土熊はなぜか途端に不機嫌そうになった。

「この男、れんげの何？」

「何って、そんなことどうでもいいでしょう！」

さすがにそろそろ限界で、思わず怒鳴りつけてしまった。昨日から虎太郎のことを聞くのをずっと我慢していたのだ。するとカルはふくれ面になり、いじけたように言った。

「知らないよ。見たこともない」

完全なる否定に、れんげは悲しくなった。カルに一縷《いちる》の望みをかけていたというのに、彼は虎太郎について何も知らないというのだ。

ならば虎太郎を見つけるにはどうすればいいのだと、ひどい悲しみが襲いかかってきた。俯いて声も出せなくなる。

変わり果てた虎太郎の冷たい視線。それを思い出すと、元彼である理《おさむ》と別れた時の状況がフラッシュバックするのだ。

思えばもう随分昔のことのように感じるけれど、十年も同棲した理の浮気が原因で別れてから、まだ一年も経っていないのだ。

あの時の理の冷たい表情が、虎太郎のそれと重なる。

さらに言うなら、後になって京都に迎えに来た理は鬼女に取り付かれて異形の者になり果ててしまった。

そうだ彼も、鬼になったのだ。夫を失った悲しみから鬼となった鉄輪の鬼女に取り憑かれて。

ふと、あの時の状況が現在の状況に重なることに気がついた。

角が生え、人が変わったようにれんげを睨みつけた虎太郎。遭遇した時は慌てるばかりだったが、そういえば彼は何か言っていた。

「ねえ、鬼の岩屋近くで虎太郎に遭った時、なんて言っていたか覚えてる？」

突然顔を上げたれんげに、光栄たちは驚いた様子だった。だが、今はそんなこと構ってはいられない。

『帝がどうの……と言っておりましたな。あと、豊聡耳《とよさとみみ》が正しいのか、と』

クロが昨日のことを思い返すように、遠い目をして言う。

「とよさとみ……」

れんげには聞き覚えのない単語だった。

だが光栄は聞き覚えがあるようで、そんなことも知らないのかと言いたげな顔をする。

『なんだ？　後世《のちよ》には伝わっていないのか？　聖徳太子《しょうとくたいし》のことだろう』

それならばれんげも知っている。学生時代に歴史の授業で習う有名人だ。

「それって厩戸王《うまやとおう》のことよね？」

現在はどうだか知らないが、少なくともれんげはその名前で習った。飛鳥時代に辣腕を振るった政治家だ。

だが、れんげが聖徳太子について知っていることはそう多くない。覚えているのは、小野妹子《おののいもこ》を遣隋使《けんずいし》として大陸に送ったことと、冠位十二階を定めたことくらいだ。

だが、一つ思い当たったのは、つい昨日『日本の鬼の交流博物館』で読んだ解説文だ。記憶が曖昧だったため、れんげは急いで昨日買い求めた冊子を引っ張り出した。

『鬼力話伝』と題された冊子には、酒呑童子と共に別の鬼伝説である麻呂子親王と三匹の鬼についての説明が詳しく書かれていた。

「これだわ」

そこには博物館の解説文で読んだ通り、三体の鬼を退治した麻呂子親王が聖徳太子の異母弟であった旨が記されていた。

ということは、三匹の鬼がいたのは聖徳太子の時代ということになる。

虎太郎に取り付いているのが三匹の鬼の内のどれかならば、あの発言も頷けるというものだ。

さらに、れんげは冊子の中に気になる一文を見つけた。

それは清園寺《せいおんじ》というお寺に伝わる麻呂子親王伝説だ。丹後においてこの麻呂子親王の伝説は各地に残っているのだが、特に古いと言われるこの清園寺の伝説は博物館の案内板で見たものと鬼の名前が違っていた。

曰く――奠胡《てんこ》、槌熊《つちくま》、そして迦楼夜叉《かるやしゃ》。

れんげは思わずカルの方に目をやった。少年は不貞腐れたままだ。

昨日話を聞いた時、カルは一緒に住んでいた仲間のことをテンコ、それにツチクマと言っていた。

彼が三人の鬼の内の一人であるというなら、カルという名前も辻褄が合う。

カル――迦楼夜叉。

だとするなら、虎太郎に取り憑いているのは迦楼夜叉を除く奠胡、槌熊のどちらかだろう。

もし本当に虎太郎に取り憑いているのがそのどちらかだとしたら、れんげはなんとしてもそれを追い払わねばならなくなる。

カルに知られたら、邪魔されるかもしれないと思ったのだ。もし例の風を操る力を使って暴れられたら、太刀打ちできない。

なので今は、この推測をカルに黙っておくことにした。本人はと言うと、さきほどふくれていたのが嘘のように今はクロと飛び跳ねて遊んでいる。

「カル。今日はカルの仲間のテンコとツチクマを捜しに行こうと思うの。どこか心当たりはある？」

れんげが尋ねると、カルは大喜びした。

「一緒に捜してくれるの？」

罪悪感を抱きつつ、れんげは頷いた。虎太郎の体を乗っ取った鬼。どうにかもう一度会って、虎太郎の体を取り戻したい。

子供を騙す後ろめたさを感じながら、れんげはカルに向かって頷いた。

⛩ ⛩ ⛩

出発前、クロとカルはローカル局のテレビ番組に夢中になっていた。

化粧を終えて手持ち無沙汰となったれんげは、テレビを見るでもなく無愛想《ぶあいそう》にしている光栄に話しかけてみることにした。

「鬼について、何かわかったことは？」

れんげが問いかけると、光栄はむっとしてふいと顔を逸らす。

どうやら聞き方が悪かったらしい。

それにしても四六時中一緒の相手がこうも不機嫌では、さすがにこちらも気分が滅入る。れんげとて決して愛想のいい方ではないが、いくら怒っていたとしてもこんなふうにあからさまに無視をしたりはしない。

そこでふと、気になった。

どうして光栄は、大人しくれんげについてくるのだろうか。

彼を連れてきた木島神がいないのだから、面倒だと役目を放り出してもよさそうなものだが、それをしない。

それどころか、鬼に体を乗っ取られた虎太郎が襲いかかってきた時には、身を挺してれんげを庇ってくれたのだ。

どうしてそこまでしてくれたのかと、今になって不思議になってくる。

そもそも、光栄と木島神の関係は一体何なのだろう。少し見ただけだが、光栄の木島神に対する敬意は並大抵のものではないと伝わってくる。

れんげは神様相手だろうがいつも飄々としている安倍晴明のことが頭にあるので、陰陽師という人種は皆そんなものなのだろうと思っていた。

実際、光栄は晴明を思い出すから、と狐を毛嫌いしている。クロすらそうなのだから、神使であっても狐は嫌いなのだろう。

だが光栄は木島神に敬意を払い、れんげを守るようにいったその言葉を忠実に守っている。どうも光栄にとって、木島神は特別な神様のようだ。

「光栄さんと木島様って、一体どういう関係なの？」

先ほどと同じように無視される可能性もあったが、光栄は意外なほど素直に口を開いた。

『どうも、木島様は我が氏族の祖神《そしん》だ』

「祖神？」

『先祖と言うことだ』

「は、はあ？」

れんげは驚き、思わず声が裏返る。

いつも不機嫌そうな光栄と、幼い感じのする木島神では印象にまったく交わるところがない。

どころか、木島神は光栄の忌み嫌う狐——白菊と昵懇の間柄である。なにせ記憶喪失の木島神を助けるよう命じたのは、その白菊命婦なのだから。

「ま、待って。前に自分で、賀茂氏は秦《はた》氏に起源のある一族って言ってなかった？」

そこまで言ったところで、確かに秦氏が起源であるのなら木島神が祖先だというのはおかしな話ではないということに気がつく。

「そう、でもあなたがいたのは上賀茂神社だし、上賀茂神社の神様は賀茂別雷大神《かもわけいかづちのおおかみ》よね……？」

光栄の賀茂という姓から、れんげは光栄が上賀茂神社の神職の一族であり、上賀茂神社そのものが秦氏の神社だと思い込んでいた。

だが光栄は、木島神こそが己の祖先だという。一体どういうことなのだろうか。れんげが混乱しているのを見て取ったのか、光栄はその場に胡坐《あぐら》をかいた。どうやら腰を入れて説明してくれる気になったようだ。

『崇神《すじん》天皇の御世《みよ》、ひどい疫病が流行りこれは祟りだろうということになった。そのとき大三輪大神《おおみわのおおかみ》が帝の夢に現れ、世が荒れるのは己の祟りであると告げた。その上で、己が子孫である大田田根子《おおたたねこ》に祭祀を行わせるならば、祟りは消えるだろうとも。帝は在野にあった大田田根子を探し出し、三輪山の神主とした。これが鴨君《かものきみ》の起こりだ。以来この氏族は葛城国で大三輪大神――すなわち大物主神《おおものぬしのかみ》を祀ってきた。朝廷から八色の姓の一つ、朝臣《あそん》の氏を賜ったのは後になってからだ。それが麿の祖先という訳だな』

大三輪大神というのは、奈良県三輪山の神。別名を大物主神という。国を祟る恐ろしい神だが、彼は同時に出雲に祀られる国津神の総領、大国主《おおくにぬし》という顔も持っている。

えびす神こと事代主《ことしろぬし》の父であり、最初に日本を治めたのはこの大国主であった。

しかしそれを見た天照大御神《あまてらすおおみかみ》は、この稲穂の豊かな国は己が子である天忍穂耳命《あめのおしほみみのみこと》が治めるべきとおっしゃった。そして武御雷神《たけみかづちのかみ》を地上に派遣し、大国主に国を明け渡すようにと迫った。

こうして大国主は出雲《いずも》へと去り、天忍穂耳命の子である瓊瓊杵命《ににぎのみこと》が地上へと降りた。この系譜こそが現在の天皇家に繋がっていくのである。

これが神話に言う国譲りだが、現在の見方をすればこれは立派な侵略だ。

そして侵略したという後ろめたさがあってこそ、大国主は祟る、そして祀れば禍は晴れると信じられた。

話を理解しようと努めていたれんげは、そこでおかしなことに気が付いた。

「待って。木島神が出てこないじゃない。その――オオタタなにさんが木島神ってことなの？」

れんげの発言に、光栄は呆れたとばかりに目を眇める。

『オオタタナニではない。大田田根子だ』

「だから、大事なのはそこじゃなくて」

『仮にも人の祖先だぞ……。いいか、今の話は対外的に正史とされているものだが、歴史の古い一族というものはそれぞれに己の一族の歴史を受け継いでいるものだ。麿とて生まれも育ちも京の都ではあるが、賀茂家当主として口伝は受け継いでいる』

「口伝？　口伝で木島様のことを伝え聞いているってこと？」

『あほうめ。秘伝をそう簡単に話すと思うか』

なんだか煙に巻くような話し方だ。説明する気があるのかないのか、そこから疑わしいと思えてくる。

『いいか？　お前も都で暮らしていくと決めたのなら、少しは自ら書物を紐解いて学ぶということを覚えろ。悪しき者どもへの対処法も知らずに、毎度毎度策もなくぶつかっていくつもりか？』

この言葉は、れんげの後ろめたい部分にぐさりと突き刺さった。

確かに、視えるからといって何ができるわけでもない。いつも目的のために、場当たり的に動いているだけだ。

それをほんの一時《いっとき》行動を共にしただけの光栄に見抜かれるのは癪《しゃく》だが、己でもそう感じるだけに言い返すことはできなかった。前日光栄に庇われたばかりなので、なおさらだ。

探してみても、言い返せる言葉がない。

自分の努力が足りないから、虎太郎は鬼に憑かれてしまったのだろうか。もし自分に知識があれば、彼を護ることができたのだろうか——？

直視せずにいた問題が、突然目の前に立ちふさがったような思いだ。

『……まあいい』

光栄は苦々しい口調で言った。

『もう途絶えてしまった知識が多いことくらい、想像がつく。麿の時代とは、決まりも優先順位も違うのだろう。それがいいとは思わぬが』

光栄は、その生真面目な顔に嫌悪を滲ませる。

『まずはお前の質問に答えるとしよう。どうして麿が秦氏を名乗ったかと言えば、それは大田田根子が渡来の人であったためだ。葛城国には異国の人が多くあった。なぜかといえば、葛城国を統治していた葛城国造《かつらぎのくにのみやつこ》の祖、葛城襲津彦《かつらぎのそつひこ》が勅命に応じて新羅へと向かい、新羅の侵略に怯える伽耶《かや》国を助け、伽耶国の王である弓月君《ゆづきのきみ》と共に大勢の渡来人を連れ帰ったからだ。弓月君は秦氏の祖とされている』

れんげは黙って耳を傾けた。

『襲津彦が死んだ後、葛城国造は渡来人の技術力を背景に、臣でありながら絶大な力を誇っていた。幾度も皇后を輩出し、天皇家の姻族として権威を保ち続けた。麿の祖先である大田田根子も、そんな渡来人の邑《むら》で生まれた。つまり出自は秦氏ということになる。大田田根子もその子孫も、葛城国造の庇護を受けて大三輪神の祭祀を続けた。だが――』

「だが？」

『葛城国造は力を持ち過ぎた。天皇家がそれを脅威と感じるほどに。ゆえに、粛清された』

光栄は冷たい口調で言い切った。

「粛清……」

『理由はあったが、こじつけだろう。こうして葛城国造の一族は滅亡した。この時、賀茂家の一部は争いを避けて山背国へと渡ったらしい。残った者は細々と祭祀を続け賀茂朝臣という氏を帝より授けられた。俺の一族はこちらだな。一方で、山背国に向かった者はそこで繁栄していた秦氏と結びつき、大いに栄え賀茂県主《あがたぬし》と呼ばれた。京で上賀茂と下鴨《しもがも》を祀る一族のことだ』

そこまで話してから、突然光栄の顔色が変わった。

『そうか、葛城か……』

そう言ったっきり、またしても黙り込んでしまう。

妙だとは思ったが、れんげは何も言わず話の続きを待った。

もしかしたら光栄が記憶の中に手がかりをつかんだのかもしれないと、少し期待する気持ちもあった。

『話が逸れた。とにかく、賀茂家は秦氏と深く結びついているということだ。そして賀茂家は大三輪大神――大国主を祀っている。ここまで言えばもう分かるだろう』

「いや、全然分からないわよ」

神妙に聞いていたれんげだが、賀茂一族の隆盛については理解できても、木島神の正体については全く見当がつかなかった。

まだ分からないのかとばかりに、光栄は憐れみの目でこちらを見てくる。

『では手蔓《てづる》をやろう。大田田根子に大国主の祭祀をするよう命じた崇神天皇は、疫病を抑えるためにもう一つしたことがある。それは、宮中に祀っていた己が祖神である天照大御神と、大国魂神《おおくにたまのかみ》を都の外に出されたということだ。なぜか？　それはこの二柱が、都を祟っていると判断したからだ』

いきなり提示された新たな情報に、さらにれんげは混乱した。

そもそも崇神天皇は、どうして祖先である天照大御神が自分を祟ると思ったのだろうか。むしろ逆で、普通は護ってくれるものと考えるのではないか。

一方で光栄の口から出た大国魂神という名前には、覚えがあった。それこそ、木島神社の看板に祭神として書かれていた名前だったからだ。

しかしそれがこの局面で出てくるというのは、あまりにも唐突に感じられた。さらに言うなら、れんげは京都に来ていろいろな神様の名前を見たり聞いたりしてきたが、その中に大国魂の名前はなかったように思う。

光栄の話を信じるなら、大国魂神は天照大御神と一緒に宮中で祀られていたのだろう。天皇の先祖である天照大御神と並ぶほどなのだから、当時の朝廷にとってはとても重要な神様だったということだ。

でもそれならば、どうして今は名前を聞くことがほとんどないのだろうか。

京都に来る前、れんげは有名な神社と言われると出雲と伊勢ぐらいしか知らなかった。それも、母親がいつか旅行に行ってみたいと言っていたから知っていたにすぎない。

伊勢は言わずもがな、天照大御神を祀る神社だ。そして出雲は、先ほど話に出た大国主を祀っている。

そこまで考えた時、ようやくと言うべきかれんげの脳裏に電撃のような閃きが走った。別に光栄が雷撃を使ったわけではない。脳内のシナプスの閃きある。

だが、その思いつきをすぐには口から出すことができなかった。

そんなことあるわけがないと、思いついたその場から既に理性が否定し始めていたからだ。

だが光栄は、れんげが己の望む答えにたどり着いたと確信したようだった。

『分かったか』

「まさか……」

『そうだ。木島様は大国魂神。そしてそれは同時に、祟るとされた大国主神の異名でもある。かつてこの地を最初に耕した、尊き神の名なのだ』

⛩ ⛩ ⛩

その話をした後、調べたいことがあると言って光栄は姿を消してしまった。

これで丹波までついてきてくれた木島神と光栄の助っ人両方が姿を消してしまったことになる。

電車に揺られながら、れんげはぼんやりと木島神の姿を思い浮かべた。

己が何者なのかも忘れていた木島神。小さな蚕のような見た目になった木島神。それを光栄は、大国主神だと言う。出雲大社に祀られる、とてもとても有名な神様なのだと。

だが、あの後光栄が付け加えたところによると、木島神は奇魂《くしみたま》と呼ばれる大国主神の別の一面であるらしい。祇園祭で見たような、和魂《にぎみたま》と荒魂《あらみたま》のようなものだろうかと、れんげは想像する。

しばらく考えに耽っていたが、気になるのならば、次に木島神に会った時に直接尋ねねればいい。いつまでもそのことについて考えていたところで、一人では結論も出ないのだから。

残念なことに、虎太郎の行方についてもはっきりとした当てがあるわけではなかった。

今はそれよりも残りの鬼の行方の方が大切だと、考えを切り替えることにした。

カルは他の鬼たちがいる場所に心当たりはないと言う。いつもあの岩屋やその近辺で一緒に過ごしていたので、一人になることすら稀だったのだそうだ。

なのでれんげは、手がかりを求めて例の伝説が伝わったという清園寺に行ってみることにした。

清園寺は福知山《ふくちやま》市内にある真言宗《しんごんしゅう》の寺院だ。京都丹後鉄道宮福《みやふく》線の大江高校前駅のほど近くに位置している。

かつて大江山の地で三匹の鬼が暴れ回り、これが朝廷で問題になった。そこで用明《ようめい》天皇の第三子である麻呂子親王に勅命が下り、彼は軍を率いて都を出立する。

その旅の道中で、死んだ馬を埋葬しようとする商人に出くわした。麻呂子親王は竜馬であるとその馬を惜しみ、遺骸を譲り受ける。

するとその場に白い犬が現れ、鞭で七体の薬師《やくし》如来《にょらい》を彫れば馬は蘇り鬼退治も成就するであろうと説いた。麻呂子親王がその言葉に従い、鞭を使って七体の仏像を彫り上げる。するとたちまち馬は蘇ったという。

その馬に従い白犬を連れ、麻呂子親王は鬼の討伐に向かった。

では彫った薬師如来はどうなったのかと言うと、鬼を倒した後麻呂子親王はその七仏を本尊として七つの寺院を建立したと伝わっている。清園寺も、そんな寺院のうちの一つだ。

清園寺は、正式には鎌鞍《かまくら》山清園寺という。なぜ鎌鞍山かというと、それはこの地に麻呂子親王が使っていたと言われる鞍が伝わっているからだ。

さっそく宮津駅から一時間に一本の各停電車に乗り、目的地へと向かった。

カルは目に映る全てのものが新鮮なようで、口を開けたまままきらきらとした目で辺りを見回している。特に電車に興味があるらしく、乗っている間は終始落ち着きがなかった。山間のため途中いくつものトンネルがあり、トンネルに入って車内が暗くなるたびにれんげの服の裾を掴んでビクビクしていた。

れんげはカルがいつ問題を起こすかとひやひやしていたのだが、通勤通学の時間は外したため乗客はそう多くなく、問題らしい問題も起きずほっとした。

目的の大江高校前駅は、高架脇に設置されたこぢんまりとした駅だった。駅を取り囲む山々は、紅葉も終盤に差しかかりなんとも暗い色をしている。

無人駅なのでカルの切符を切符入れに入れさせ、れんげたちは駅に設置された階段を使って高架から降りた。

田園に沿って走る細い道を抜けると、綺麗に舗装された二車線の道に出た。国道一七五号だ。

そこから宮福線の高架下を潜り、雲原《くもはら》川にかかる宮川橋を渡る。

と、ここでカルがやらかした。いままで大人しくしていただけに、れんげに油断があったことは否めない。

カルは興味津々で橋の手すりから身を乗り出し、川の風景を眺めていた。

大きな橋が珍しいのだろうと微笑ましく見ていたが、れんげが笑っていられたのはそこまでだ。

カルはなんの予備動作もなく手すりに飛び乗ったかと思うと、躊躇なくそこから飛び降りたのだった。

「カル⁉」

れんげが反応できたのは、カルが姿を消してたっぷり十秒経ってからだった。

慌てて手すりから身を乗り出し、カルの姿を探す。するとそこには、河原で楽しそうに手を振るカルの姿があった。

その後、偶然通りかかった車の運転手がカルの飛び降りを目撃していたことで、俄かに騒ぎが大きくなった。

お騒がせして申し訳ないと、れんげは平謝り。ちゃんと子供を躾けておくようにと注意され、カルくらい大きな子供がいるように見えるのかと二重のショックを受けたりした。

だがカルはといえば、そんなことどこ吹く風。河原で取ってきた細長い棒を、楽し気に振り回している。

世の母親はこんな風に子供に振り回されているのだろうかと思うと、なんだか涙が出そうになった。

橋を過ぎて横道に入り、宮津街道と呼ばれる歴史ある通りを進む。古くて大きな家々が立ち並び、在りし日の賑わいを思わせるのだった。

清園寺へ向かう道は、ぼんやりしていたら見逃してしまいそうだった。

細い路地を進むと、途中鬼が描かれたマンホールがあった。大江町と言うだけあって、やはり鬼が売りであるらしい。

路地の突き当り、そう長くはない石段の向こうに、清園寺はひっそりと存在していた。背後は山になっており、敷地はまるで山をくりぬいたように段々になっている。

境内は砂利が敷かれ、人気もなく静かだった。右手には立派な太子堂があり、正面が薬師如来を祀っていると思しき薬師堂。左手の大きな建物はどうやら庫裡のようだ。

虎太郎の姿はないかと境内を見回してみるが、今のところそれらしい影はない。当てが外れただろうかとがっかりしていると、突然背後から悲鳴が響き渡った。

「ひやぁぁ！」

「カル！　お前カルだろ⁉」

甲高い悲鳴と女の声。慌てて振り返ると、悲鳴の主はカルだった。身長二メートル以上はあろうかという巨大な女性が太い腕でカルを難なく抱え上げている。肌は色黒で髪は金。目は深い森のような緑だ。

彼女はまともな着物を着ていたが、丈が短く膝上のスカートのようになっていた。袖部分もなく、そこから延びた二の腕には力こぶが浮いていた。これにはれんげも唖然としてしまい、すぐには反応できなかったほどだ。

「なあおい！　俺だ。クマだよ」

じたばたと暴れていたカルだったが、女が名乗ると途端に落ち着いたようだ。

「え、クマ？　ほんとだクマだっ」

そう叫んだかと思うと、まるで軽業師のような身軽さで女の腕から抜け出し、体を捻って相手に抱き着いた。

「クマ！　クマ！　よかった。突然クマもテンコもいなくなっちゃって、おいら本当に本当に寂しかったんだ！」

カルの声は涙に濡れていた。

その声を聴いていると、カルが本当にこの再会を喜んでいるのが伝わってきた。おそらく、本当に心細かったのだろう。

だが同時に、このクマという女をれんげは警戒していた。当たり前だ。れんげが捜している虎太郎は、カルの仲間であるツチクマとテンコのどちらかが取り憑いているはずなのだから。

「ねえ、あの……クマさん」

どう呼びかけるべきか悩んだが、彼女がクマと名乗っているからにはそう呼ぶのが順当だろう。

何となく脳裏にもりのくまさんの愛らしいイメージが浮かぶ。目の前の筋骨隆々の女性には、全くそぐわないけれど。

「あ？」

れんげの問いに、クマは怪訝な顔をした。だがその表情はすぐさま怒りに変わったかと思うと、カルの体を放り出してこちらに駆け寄ってきた。

その行動に驚かされるが、慣れているのかカルは驚くでもなく、空中で体勢を立て直し見事に着地する。

一方れんげはクマの唾を飛ばさんばかりの威勢に立ち竦み、クロも尻尾を丸めていた。光栄だけ、涼しい顔で相手を見ている。

その態度が、より一層クマの怒りを買ったようだ。

「おうおう、なんだあんたら？　さてはお前らがカルを攫いやがったんだなっ」

あらぬ疑いをかけられ、れんげは焦った。

こんな相手に襲いかかってこられてはひとたまりもない。だが、女の前に先ほどまで尻尾を丸めていたクロが立ちはだかり唸りをあげる。

『我が主に害成す者は容赦せぬぞ！』

クロはその体に炎を纏った。それと呼応するように、れんげの額にある痣もじんわりと熱を持つ。

クロが口から炎を吐いたことで、クマは威勢が削がれた様子だった。それでも、口の端から牙をむき出しにしてれんげたちを睨んでくる。

静かな境内に緊張が走る。

その緊張を破ったのは、先ほどクマに放り投げられていたカルだった。カルは器用に跳躍してクマの背中に飛びつくと、必死になって叫んだ。

「やめて！　れんげたちはおいらを助けてくれたんだ。喧嘩しないでよ」

耳元でそう絶叫したものだから、クマは驚いてその場で動きを止めた。驚いたのか目をぱちぱちと瞬かせている。

そこに隙ができたとばかりに、臨戦態勢になっていたクロが飛びついた。カルを背負って立ち尽くすクマの脛に噛みついたのだ。

「いってぇぇぇぇぇ！」

静かな山間に、クマの絶叫が響き渡った。

⛩ ⛩ ⛩

れんげの目の前で今まさに、金髪の大女が土下座している。

「あの、顔をあげてください……」

あの後、騒ぎを恐れたれんげはカルを連れて逃げた。椥熊の声を聞きつけて、清園寺から人の出てくる気配がしたからだ。

すると、カルを連れてきたのだから当たり前だが、椥熊も後からついてきた。まさに童謡の世界である。

土地勘のない場所を逃げ回ったうえに相手は巨躯の鬼なので当然と言うべきか、すぐに追いつかれてしまった。

どこをどう逃げたのか、場所は小さな鳥居のあるこじんまりとした神社だ。

そこで今度こそ襲われると身構えたのだが、椥熊は予想に反して土下座してきたという訳だ。

さすがに土下座などされるとは思わず、れんげも狼狽してしまった。

生まれてこの方、誰かにこれほど真摯に謝られたことはあっただろうかと思うほどに、なんとも潔い謝罪っぷりだった。

「クマ。無事でよかった。一体どこに行ってたの？」

カルはどうしてもそのことが気になるらしく、大きな椥熊の背中に覆いかぶさるようにしてへばり付いていた。

槌熊はその重さなど全く感じていないような力強さでもって上体を上げ、ぴっしりと背筋を伸ばして言った。

「ああ。気づいたらあの寺にいたのサ。まったく、嫌な思い出しかないってのに！」

そう言って、槌熊はガリガリと乱暴に頭を掻いた。そのしぐさが淡い色の金髪にあまりにも不釣り合いで、れんげは眩暈がした。

『嫌な思い出というと？』

槌熊の言葉に引っ掛かりを覚えたらしく、クロが尋ねる。

「そっちはキツネか？　あんたも色々おかしなもん連れてんなぁ。ああ、思い出の話ね。こりゃぁ昔の話だがね。あの寺は俺が開いたもんでよ」

「あなたが？」

目の前の槌熊は、とてもではないが寺を開くほど信心深いようには見えない。

「あんの忌々しい皇子が、助かりたくば一晩で寺にするための土地を切り開けと言ってきたのサ。ったく人間ってのは鬼使いが荒いよ」

皇子と言うのは、麻呂子親王のことだろう。それにしても一晩で土地を切り開くとは、なんともおとぎ話じみた話である。だが目の前の槌熊を見ていると、それも不可能ではなさそうに思えてくるから不思議だ。

『ではあの寺をクマ殿が？　いやはや立派ですなぁ』

先ほどまで威嚇していたのはどこへやら。クロは感心しているし、すっかり雪解けムードになっている。

安心して椎熊に体重を預けているカルの態度が、そうさせるのかもしれない。クロは特にカルと親しくしていたから、仲間の仲間は仲間という論理が働いているのだろう。

「それほどでもねぇサ」

椎熊の方も、先ほどクロに噛まれたことなど忘れて機嫌よくしていた。褒められると悪い気はしないらしい。

一方でれんげは、この状況でもまだまだ油断ができないと考えていた。なぜかと言うと、それはやはり虎太郎の件があるからだ。

「それにしてもクマさんがここにいるということは、テンコさんも一緒なの？　私たちはカルの仲間を探しに来たの」

まず虎太郎のことを言って警戒されては困るので、カルの保護者を探しに来たと説明することにした。

椎熊がれんげに見覚えがないということは、消去法で虎太郎の中にいたのは三人の鬼のうちの残り一人、獏胡であるということになる。

できることなら槌熊から、獏胡がどんな鬼であるのか。そして今どこにいるのかを聞きだしたいところだ。

れんげは緊張していたが、相手にそのことを悟られたくなかった。目の前の鬼たちが敵なのか味方なのか、未だに判断がつきかねていた。

「テンコだぁ？　あいつも蘇ってんのかよ」

虎太郎が見つかるかもしれないという期待は、槌熊の言葉によって見事に裏切られる。

「知らない……の？」

れんげは失望を隠し切れなかった。カル同様、槌熊も何も知らない様子なのだ。

「一体どこに行ったんだろう……」

槌熊に会えて嬉しそうだったカルの顔が、一転して曇る。彼もまた、離れ離れになった仲間を探しているのだから当然と言えば当然だ。

その様子に、槌熊はぽりぽりと頭を掻いた。

自分の発言が相手をがっかりさせたことに気付き、気がとがめている様子だ。

「あーなんだ。俺も協力するからよ。テンコの野郎を探し出してやろうぜ」

まさか鬼に慰められるとは思わず、れんげは妙な気分になった。カルを慰めるための言葉かもしれないが、槌熊の視線はあきらかにれんげに向いている。

そんなに目に見えてがっかりしたのだろうかと、我がことながら情けなくなった。一応、こちらの目的を悟らせまいと行動しているつもりだったので。

『こんなところにおったのか。さがしたぞ～』

その時、上空からやけに間延びした声がした。

見上げると、そこには丹後にやってきて以来姿をくらませていた木島神と、なぜか頭に鏡を付けた白い犬が浮かんでいた。鏡と言っても普通のそれではない。青銅製の重そうな鏡だ。首が痛くならないか心配になる。

れんげは光栄から木島神の正体を聞いた後なので、その姿を見るとぎょっとしてしまった。

相変わらずぬいぐるみのような姿で、祟る神や出雲の神といった強大な神である片鱗は望むべくもないが。

その上、また新たな動物の出現である。

れんげは頭を抱えたくなった。鬼だの狐だの陰陽師だの、奇々怪々な生き物は間に合っているのだ。

しかし木島神はそんなれんげの想いなどどこ吹く風で、するするとれんげたちのところまで降りてきてこう言った。

『感謝しろ。小虫《こむし》殿を連れてまいったぞ』

木島神は犬を指さし、尊大にそう言ったのだった。

虎太郎の甘味日記　～思い出のたんきり飴～

しゅんしゅんとやかんでお湯を沸かす音がする。

虎太郎は熱を出して寝込んでいた。古い柱時計のカチカチという音。隙間風のピュウピュウウいう音。普段は気にならない音がやけに大きく聞こえて、なんだか落ち着かない気持ちになる。

こんな時は部屋で一人になるのがおそろしい。

そう話したら、寂しくないようにと母が居間に布団を敷いてくれた。

母は浮足立っている。今日は久しぶりに父が帰ってくるからだ。虎太郎の父はタンカーで石油を運ぶ仕事をしており、一度海に出ると半年は帰ってこないことがざらだった。

「おにいちゃん。だいじょうぶ？」

虎太郎の寝る布団に乗り上げるようにして、妹のまなが顔を見せる。大丈夫だと返

四折
最後の鬼を探して

『感謝しろ。小虫殿を連れてまいったぞ』

木島神は鏡を付けた犬を指さし、尊大にそう言った。

「小虫？」

意味が分からず説明を待っていると、木島神が何か言うより先に白犬がれんげのところまで滑るように下りてきた。

小虫と呼ばれた犬はまずその湿った鼻でれんげの指先の匂いをかぐと、まるで撫でろとでも言いたげに、れんげの手のひらに頭を押し付けてきた。

犬の扱いに慣れていないれんげは、犬が頭に付けている鏡に触れてしまわないようおそるおそる、耳の付け根を掻いてやる。クロがこの場所を掻かれるのが大好きなので、とりあえずそれに則った形だ。

すると、白犬は分かってるじゃないかとばかりに尻尾を振り、甘えた声を出した。

こうしてみると本当にただの犬で、この犬が何の助けになってくれるのかと、気持ちとしては期待よりも不安の方が大きかった。

しばらくそうしていると、今度はクロが我も我もとばかりに犬とれんげの手の間に頭をねじ込んでくる。

そう言えばさっき守ってくれようとしたのに礼も言ってなかったと思い、れんげはそのままクロの耳の付け根をかりかりと掻いてやる。するとクロは目を閉じて恍惚《こうこつ》の表情を浮かべた。

　小虫はそれで怒るようなことはなく、聡明そうな黒い目でれんげを見上げていた。

「ええと、どちらの神様ですか？」

　尋ねてみたのだが、どうやら小虫は人の言葉を喋らないようだ。鏡を頭に載せ、宙に浮いていなければ、ただの白い犬だと思ったかもしれない。

　そこでれんげは、はっとした。

　それは白い犬というキーワードに、覚えがあったからだ。『日本の鬼の交流博物館』で、れんげは確かにそれを見た。

　三幅セットの掛け軸に描かれた、白い犬――。

　れんげは慌てて鞄に入れっぱなしにしていた冊子を開く。

　博物館で買い求めた冊子には、三幅全てではないものの例の掛け軸のモノクロのコピーが一幅だけ載っていた。麻呂子親王の鬼退治の中でも最後の場面だ。

　勇ましく鬼に噛みつく白い犬は、黒い帽子のようなものを頭に被っているように描かれている。これが鏡だろう。

　鬼に加えて白犬も現れ、もう何が何だか分からない。

狐のクロに鬼のカルと槌熊。そして木島神と白い犬。この場で人間はれんげだけだ。

とにかく木島神の説明をお願いしようと口を開いたその時、槌熊が慌てだした。

「まずい！　人間が近づいてくる」

そう言ってカルの頭に大きな手のひらを載せたかと思うと、何やら短い呪文を呟いた。

すると、れんげの目の前で二人の体が存在感をなくす。目には見えるが、先ほどまでとは明らかに違っていた。

「あら珍しい。一人？　逆竹《さかたけ》さんにお参りにきたん？」

声をかけられ、れんげははっとした。近づいてきたのは、掃除用具を持った老婆だった。

彼女はれんげの返事を待たず、てきぱきと神社の掃除をし始める。

れんげははっとした。彼女は確かに今一人かと尋ねたはずだ。ということはタクシー運転手やホテルスタッフには見えていたはずのカルが、彼女には見えていないということになる。

おそらくは槌熊の行動が、姿を隠すために必要だったのだろう。れんげはほっとした。ただの少年に見えるカルだけならまだしも、槌熊は遠目にもよく目立つ。都心部だったらまだしも、歩く人すらまばらな土地で連れ歩くのは勇気がいる。

その時ふと、れんげは白犬が頭に載せた鏡にカルと槌熊の姿が映っていることに気が付いた。

姿を消しても鏡には映るのか。その時は、深く考えもしなかったが。

「逆竹さんですか？」

れんげは返事が遅れたことを誤魔化すように老婆に尋ねた。

「あら、遠くからきはったん？　この逆竹神社は、麻呂子親王が鬼退治の時に立ち寄ったたっちゅう伝説があるんや」

また麻呂子親王だ。この地には麻呂子親王の伝説が深く根付いているらしい。

話を聞かせてくれたことに礼を言い、れんげは逆竹神社を後にした。

老婆には見えないだろうが、れんげの周囲にはもう一団と言っても差し支えない数のあやかしたちがいる。

「残るは、テンコだけね」

三鬼のうち、見つかっていないのは甕胡のみ。消去法で考えていれば、虎太郎の体を操っているのは甕胡に違いない。

いよいよ結論の時が近づいている気がして、れんげはごくりと息を呑んだ。

⛩⛩⛩

高架上にある狭いホームに戻り、電車を待つ。

次の電車までは三十分ほど時間があった。れんげの他に電車を待つ人もなく、時折とんびの声が聞こえたりとなんとも長閑《のどか》な風情だ。

さて、鬼退治に三匹のお供——ではなく二人の鬼と一匹の犬が仲間になったわけだが、ここからどうすべきかとれんげは頭を悩ませる。

槌熊は僕胡の居場所を知らなかった。ならばまた鬼にゆかりの場所を探すしかないだろうかと考えたのだ。

「木島様もその——小虫?様も、最後の鬼がいる場所に心当たりはない?」

ダメもとで尋ねてみるが、芳しい返事はなかった。

『いや。それよりも光栄はどうした? れんげを護るように言いつけたはずだが』

首を傾げながら木島神が言う。

「それが、葛城がなんとかとか言って出て行っちゃったのよ」

『葛城? 葛城国のことか?』

「知ってるの？」

『知ってるも何も――いや、これはれんげに話すような話ではないな』

木島神が言い淀んだので、れんげは思い切って光栄に聞いた話を木島神に直接聞いてみることにした。

「それはあなたが大国主だから？」

するとよほど驚いたのか、木島神は大きくのけ反ってそのまま後ろに一回転した。どうも頭が重いらしい。

『どうしてそれを……いや、光栄しかいないか。あいつめ余計なことを』

どうやら木島神は己が何者であるか思い出していたものの、れんげに話すつもりはなかったようだ。

先月久美浜の熊野神社で再会した時、記憶が戻ったのではないかということはなんとなく察していたが、それを故意に隠していたことには気づいていなかった。

れんげも別に気にしていなかったので、わざわざこちらから尋ねる必要もなかったのだ。

『隠しておきたかったの？』

だとすれば、それはなぜなのか。

隠しても木島神の得になるとは思えないのだが。

するとと木島神はれんげを伺うような顔を向けてきた。

『それは……恐ろしいだろう？　れんげも恐ろしいと思うだろう？』

ぬいぐるみのような姿で何を言っているのかと思うが、木島神は本気でそう思っているようだ。

れんげは少し考えた。正体を知ったことで木島神を恐ろしいと思うかと、自分に問いかけてみたのだ。

だが、どんなに恐ろしい来歴を知ったところで、目の前の小さな木島神が恐るべき存在だとはとても思えないのだった。

彼とはひと月ほどを一緒に過ごしており、害ある存在だとは思えなくなっている。

虎太郎がいなくなって気落ちしているれんげを、クロと一緒に支えてくれたのはこの小さな神様だ。

「恐くはない、けど……恐がった方がいい？　失礼に当たる？」

神様の怒りを買うとよろしくないというのはさすがに学んでいるので、確認してはいるが、その行為自体がひどくくずれていることをれんげは気づいていない。

こんな返事が返ってくるとは思わなかったのだろう。木島神はくふふと笑った。

『今のままでよい。れんげはそのままでいてくれ』

問題はないらしい。れんげはほっとした。

『そも、儂は厳密には大国主ではないのだ。いくつもの神と混ざり合い、大国主となったのものと言った方がいい』

「大国主となったもの？」

『この国が統一される前、各地にはそれぞれ違う神を信仰する豪族がいた。そのうちいくつかは戦いに敗れ、或いは大和に降伏することでこの国は統一されていった。儂はそれらの豪族たちが祈った神を混ぜ合わせた何かだ。ゆえにいくつもの名を持ち、このように姿も曖昧模糊《あいまいもこ》として定まらぬ』

木島神はそう言って両手を広げた。その姿は人間とはあまりにかけ離れている。

『木島の名も、今は蚕の神としてわずかに命脈を繋ぐのみ。その起源を知る者はもういない』

木島神の声から感情を読み取ることはできなかった。

ただ小さくその羽根を揺らしている。

『儂はそれでよいと思う。祟りを恐れ、逃れようと足掻く様はあまりに哀れじゃ。だが今の世の人は祟りなど恐れぬだろう。かつて時の天皇は疫病を治めるために我を祀ったが、今の人間ならばそのようなことはせぬ。自らの力で病の原因を明らかにし、抗う。人は神という軛《くびき》から放たれたのじゃ』

なんと返事をすればいいか分からず黙り込んでいると、木島神はれんげの顔を見てにこりと笑った。

『じゃから、お役御免じゃと阿古町にたたき起こされるまで眠っていたというに。起きたら己が何者かすら分からなくなっておるとは。もはや恨みも枯れ果てた。それ、そこの鬼を見ろ』

木島神に促されるままに、鬼たちを見る。そこには仲間との再会でテンションが上がっているカルと、慣れた様子でそれをいなしている槌熊の姿があった。

二人の姿からは、恨みつらみなど感じられない。ただ仲間を大切に思っていることだけが、痛いほどに伝わってくる。

『あの鬼と儂は何も変わらん。まつろわぬものとして排除され、そして恐れられたが、長い長い時をかけて恨みつらみを忘れ、己を救うことができた。今はもう消える前の泡沫と同じ』

そう言う木島神の横顔がなぜかひどく儚く見えて、れんげは不安になった。

稲荷山で眠るれんげの祖先の宇迦之御魂大神《うかのみたまのおおかみ》のように、古い神の多くは既に眠りについたり消えたりしているのかもしれない。

それほどまでに今の日本から、信仰は失われているのだろう。

それがいいことなのか悪いことなのか、れんげには判断がつかなかった。以前の彼女なら間違いなくいいことだと断じただろうが、木島神を目の前にしてそう結論づけることはできない気がした。

なんとなくしんみりしたところで、宮福線のワンマン電車がホームに滑り込んでくる。

れんげははぐれてしまわないように同行者たちに声をかけ、車中の人となったのだった。

⛩⛩⛩

れんげはホテルに戻り、今後の行動を検討することにした。

虎太郎に取り憑いている鬼が僕胡だと分かったのはいいが、その僕胡がどこにいるのか全く見当がつかない。正体さえ分かればあとは解決のために動くだけだと思っていたのだが、これは誤算だった。

誤算はもう一つあった。人目のないホテルの部屋のほうが落ち着いて話し合いができると思ったのだが、シングルの部屋の中にあやかしもこれだけ数が入ると、さすがに窮屈で全然落ち着いて話せない。

フロントに連絡するとツインの部屋が空いているというので、れんげは出費覚悟で部屋をグレードアップすることにした。

一人なのでダブルの部屋をすすめられたが、ツインがいいからと断った。フロントの従業員は訝しむような顔をしていたが、これぱっかりは仕方ない。

思惑通り、その夜は片方のベッドをれんげが一人で使い、もう一つのベッドには槌熊とカルが寄り添い合って眠った。

白犬の小虫はとても行儀良くしていたし、木島神は己の正体を明かしたことですっきりしたのか、小虫の背で安心したようにお腹を出して眠っていた。そうしていると、この神が古く恐ろしい神だなどと、とても信じることができない。

一人寝が殊の外辛く感じられたので、いつも傍らで丸くなっているクロに頼んで、一緒に寝てもらったのは内緒だ。

ベッドに入ったれんげは、例の冊子を読み込んで、翌日はどこに行こうかなどと考えている間に眠ってしまった。

たからか、その顔にはずっと気づかわしげな色が浮かんでいる。

カルが裏切る可能性は、正直考えたくない。少なくとも、クロにカルを攻撃するように命令などしたくない。

それらの懸案事項を解決しないままに、れんげはそれでも糞胡を急いで捜さねばならかった。

今は何よりも、虎太郎の身が心配だった。

だが、境内をくまなく見て回ったものの、それらしい姿は見つからなかった。同行している鬼や獣が総出で捜したのだから、見逃したとは考えづらい。

『テンコのやつ、一体どこ行きやがったんだ』

槌熊が荒々しく言う。彼女は絶えず鋭い目つきで周囲を見回していた。

一番張り切っていたクロは、活躍のチャンスがなく落ち込んでいる様子だ。

れんげはがっかりしたようなほっとしたような不思議な気持ちだった。早く見つかってほしい気持ちはもちろんあるが、もう一度あの冷たい瞳で睨まれたらと思うと、身がすくむ。

その時ふと、自分の足元にいる小虫と目が合った。

れんげの言葉を理解しているのかいないのか、頭に鏡を付けた白い犬は、つぶらな目をしてれんげを見上げている。

小虫はこちらについてこいとばかりに一鳴きして、跳ねるように歩き始めた。れんげは反射的に歩き出していた。言葉を交わしたわけでもないのに、なぜか小虫の言う通りにしなければいけないと感じた。

『れんげ様?』

『れんげ、どこいくんだ?』

集まっていた各々が、訝しげにれんげの後についてきた。小虫が向かったのは、本殿に向かって右側にある細い道だった。傍らには『神明山古墳へ』と書かれた看板が立っている。

柵が整備されているとはいえ、苔むして滑りやすい道を小虫は迷いのない足取りでどんどん進んでいく。

途中、左側に朱色の小さな祠があった。塗装は少し剥げているが、しめ縄は新しい物のようだ。

その横を通り過ぎた瞬間、全身に鳥肌が立った。なぜだかは分からない。何かとても恐ろしいものに、本能から恐怖したような感覚だ。

れんげはぶるりと身震いし、足を進めた。れんげの他に違和感を覚えた者はいないようだ。小虫も足を止めることなくどんどん進んでいってしまう。

祠を過ぎると足元は枯れ葉が積もり、木の根がむき出しになってひどく転びやすかった。夢中で小虫の後について行くと、細い階段をずっと登っていきやがてこんもりとした小さな山の上に出た。森が切り開かれ、視界が開けて気持ちがいい。

ただの山かと思ったが、『史跡　神明山古墳』と彫られた石柱を見て、ここが古墳の上なのだと気がついた。前方後円墳の、ちょうど丸い部分だ。

小虫が、その山からわんわんと吠える。海の方角だ。

竹野神社にいた時には気づかなかったが、この場所は存外海に近いようだった。土色の田んぼの向こうに水平線を望む。

小虫が吠えている方向にあるのは、海岸線にそそり立つ巨大な岩だった。近くにある家の大きさと比べても、随分と大きい。巨岩と言っていいだろう。

どうやら小虫は、れんげにあの岩のことを知らせたかったらしい。その証拠に、れんげが岩に気付いた後は、黙ってれんげの様子を伺っている。

一体何があるのかと、必死で目を凝らす。

すると岩の傍らに、細長い人の影があるのが見えた。虎太郎かもしれないと思ったが、この距離でははっきりと判断できない。

れんげは焦った。急いであそこに向かい確かめなくてはならない。

『あそこに虎太郎殿がいるのか？』

クロが小虫に尋ねていた。だがクロも小虫とは言葉が通じないようで、焦れたように小虫の周囲を歩き回ったりしている。

「とにかくあの岩のところへ――」

そう言いかけた時。

『テンコ！』

カルの叫びに、れんげはひどく驚かされた。それは虎太郎に取り憑いているはずの鬼の名前だからだ。

カルが叫んだのは、れんげが向いているのと真逆の方向だった。

何事か尋ねる間もなく、カルは道もない急な斜面を滑空するように下りていく。とても追いつけるような速度ではない。

れんげは巨大な岩に向かうべきかカルを追うべきか逡巡し、今はカルを追おうと決めたところで椙熊のたくましい腕によって俵のように抱え上げられた。

『掴まってな！』

どこに？　と問う間もなく、椙熊はすさまじい速さで道なき道を駆け下りていく。

槌熊は地団駄を踏んで悔しがった。

れんげは知らなかったが、この神と鬼の間には因縁があった。

槌熊がまだ貘胡たちと徒党を組む前のこと。

大国主と共に国づくりに奔走していた少彦名だが、ある時大国主がこの地の沼河姫《ぬなかわひめ》と恋に落ちた。

しかし沼河姫は槌鬼の毒気にあたり病にかかってしまう。少彦名が嘆く大国主のためにに八色の息を吹きかけると、たまらず槌鬼は逃げ出し沼河姫の病は癒えた。

しかし副作用と言うべきか、今度は八色の息がかかった動植物に虫が湧くようになってしまい、以来少彦名は小虫と名乗って内側から病を癒し、大国主は大虫と名乗って外側から病を癒すと誓い合った。

与謝野町温江《よさのちょうあつえ》に位置する小虫神社、大虫神社に伝わる伝説である。そしてこの大虫神社には、麻呂子親王の鬼退治に協力した白犬の鏡が納められている。

ゆえに少彦名は白犬に化け、ずっとれんげのことを警戒していた。彼は葦原《あしはら》の中つ国から大国主を追い出した天照大御神と、それに唯々諾々と従った人間のことが好きではないのだ。

そんな少彦名ではあるが、小虫神社はその脇社に蚕を護る猫宮神社を持つ。そして彼は、この地で信仰されることになった金色と同化した。

れんげは思わずこめかみをおさえた。色々なことが一気に起こり過ぎて、血管が切れてしまいそうだ。

だが、ここまできて参ってもいられない。

『そんなことより、あなたの目的は結局何なの？　私に何をさせたいの？』

白犬だった時、少彦名は言葉こそ使わなかったものの、れんげをどこかに連れて行きたいような様子だった。

ここに来て突然真の姿とねじ曲がった性格を披露した少彦名に、れんげは詰め寄った。やっと虎太郎に会えると思っていたのに、なかなか話が進まず焦れてもいた。

するとと少彦名は思い出したとばかりにぽんと手を打った。

『そうだったそうだった。お前、こいつらを連れて最後の鬼を倒せ。さすれば愛する者は戻るだろう』

「最後の鬼ってどういうこと？」

麻呂子親王伝説に出てくる鬼は、迦楼夜叉、槌熊、そして鬘胡の三鬼であるはずだ。

彼らはここに揃っており、れんげは少彦名の言うことを理解できなかった。

だが、三鬼たちはそうではないようだ。

『あいつか』

『おいらあいつ嫌いだ』

忌々しげな槌熊に相槌を打つように、カルが不貞腐れたような声を出した。

「あいつって誰なの？」

何のことか分からず、れんげは鬼たちに尋ねた。少彦名に尋ねなかったのは、こちらをからかうような彼の言動に警戒心を抱いていたからだ。

すると、カルと槌熊は気まずそうに顔を見合わせた。

『俺たちにとって、あいつは鬼だ。だが人間にとっては違うかもしれん』

いつもと違って端切れの悪い槌熊の物言いに、れんげは焦れた。

『いいから、早く教えて。一体虎太郎に取り憑いている鬼は一体何者なの！』

今にも掴みがからんばかりのれんげの勢いに、鬼たちは気圧されているようだった。

それでも躊躇する槌熊やカルを尻目に、先ほどまで泣きじゃくっていた糞胡が事も無げに言った。

『麻呂子のことだろう？　事情は知らないが――あいつの嫌なにおいがここまで漂ってくるよ』

れんげは言葉をなくし、その場はしんと静まり返ったのだった。

虎太郎の甘味日記　～祖母ときゃあ餅編～

「虎太郎。きゃあ餅食べよか」

きゃあ餅というのは、ゆるごと呼ばれるくず米を粉にして、練ってあんこを包んだ焼き餅だ。丹後の郷土料理で、虎太郎の祖母が作るものには生地に茹でたヨモギが混ぜてあった。

小さい頃はヨモギの青臭さが苦手だったけれど、祖母との二人暮らしは甘いものすら貴重だったので、きゃあ餅を作ると言われると嬉しかった。

「一緒に作ろか」

「うん」

あれはいつ頃だろうか。まだ中学生になる前だと思う。祖母と一緒にきゃあ餅を作ったことがある。

「おばあちゃ。これでええ?」

傍らでまなが、米粉とよもぎを混ぜた生地をこねていた。

「耳たぶぐらいの固さやで」

そう言われると、まなはべとついた指で神妙に己の耳たぶを摘まんでいた。

「何やってんねん」

濡れた布巾で、虎太郎はその耳を拭ってやった。

あの頃はまだ両親を亡くしたばかりで、現実に心が追い付いていなかったように思う。正直なところ、この頃のことはあまりよく覚えていない。

両親を亡くした孫に、祖母もさぞ手を焼いただろう。

己も息子夫婦を失って辛いだろうに、祖母はそんな様子を一切見せなかった。虎太郎の前では、泣くに泣けなかったのだろうと今ならば分かる。

虎太郎が黙って作業を進めている間に、まなはきゃあきゃあ言いながら楽しそうに生地を練っていた。

なぜだか一緒に笑ってはいけない気がして、虎太郎はひたすらに餅を丸め続けていたけれど。

その時玄関から、ガラガラと戸の開く音がした。

近所の老人の酒やけした声が続く。

「幸江さーん。おられるかー？」

「はーい」

祖母は手を洗い対応に出た。

餅づくりを中断されても不機嫌になることなく、まなはにこにこと虎太郎のことを見ている。

「どないしたん？」

「なんでもあらへん」

一体何なんだと思っていると、間もなく祖母が白いビニール袋をガサガサと音をさせながら戻ってきた。

「お隣でよーけ柿とたんやて。干し柿作ろな」

祖母が広げるビニール袋の中には、たくさんの柿が入っていた。寒くなってくると、あちこちの家の軒先に干し柿がぶら下がっているのは馴染みの光景だった。

「そしたら焼こか」

三人で丸めた生地を、祖母が使いこまれて黒光りするフライパンに載せていく。一度に全部焼いてしまうのではなく、いくらかは冷凍庫に仕舞っておいて別の日のおやつになるのだ。

焼いた米のいいにおいがした。くるくる回る油で汚れた換気扇。

「兄ちゃ。楽しみやなぁ」

確かに楽しみにしているはずなのに、虎太郎はうまく返事をすることができなかった。

「そやな」

口から出た言葉は、やけにそっけなくなってしまった気がする。

お茶を淹れてもらい、焼き立てのきゃあ餅を二人で頬張った。

「よく噛むんやで」

自分で作る割に、祖母がきゃあ餅を食べている記憶がないのはなぜだろう。ヨモギのにおいをかぐと、今でもこの頃のことを思い出す。

祖母と作ったきゃあ餅。そしてこたつで柿を剥く祖母の節くれた手のことを。

五折
立岩の鬼

れんげは急いで、少彦名の言う方角へ向かった。竹野《たかの》神社からまっすぐに伸びる道を、急いで進む。

途中、来た時には気づかなかった二の鳥居と一の鳥居を見つけた。どうやら竹野神社の敷地は、れんげが思った以上に広大だったようだ。

竹野川に突き当たり、それから川沿いの道を、右に進んだ。少し走ると舗装された道が砂に変わり、木でできたやけに古めかしいアーチ橋が見えた。そしてその向こうに、先ほど神明山古墳から見た、巨大な岩が鎮座している。その向こうはもう海だ。

冬の日本海は寒々しかった。暗雲が立ち込め、今にも雨が降り出しそうな天気だ。

でもそれだけではない。

どうして今まで気づかなかったのか、巨岩を中心にして空には黒雲が渦巻いている。そしてその黒雲は、岩の下から湧き上がっているように見えるのだ。

「なに、あれ……」

れんげは背筋が冷たくなった。

コートを着ているというのに、その寒さに思わず己の二の腕を擦る。

『よもやここまで育っていようとは』

木島神が言っていた禍というのは、このことだったのか。

『今はまだ力をためているが、あれが解き放たれれば事だぞ。地震か、疫病か……どのような形となってこの国に襲いかかるか』

先ほどまでの愉快犯的な言動は鳴りを潜め、少彦名も低い声でそう言った。

神様でさえ想像がつかないのだ。どうなるのかなんて、れんげにも分からない。ただ、このままではいけないという焦りだけを強く感じていた。

息を切らしながら、れんげは巨岩の傍まで駆け寄る。

この岩の名は立岩《たていわ》。高さが二十メートルもある巨大な一枚岩で、満潮時には完全に陸との繋がりが絶たれ独立した島となる。

同時にこの立岩には、麻呂子親王に関する伝説があった。それはこの岩の下に鬼を封じたというものだ。

れんげは海岸沿いの砂浜に足を取られながら、ゆっくりと先に進んだ。なぜか岩を中心として風が巻き起こっているようで、風に吹かれた砂粒がれんげに叩きつけられる。それは岩に近づくほどにひどくなった。

「うぐ」

腕で目を守りつつ、なんとか先に進む。寒さと叩きつける砂の痛みで思わず立ち止まりそうになるが、歯を食いしばって我慢する。

するとそれを悟ったのか、クロが炎でれんげの周りに幕を張ろうとした。だがクロの炎は風にあおられ、れんげの肌を焦がす。

「あつっ」

寒さから一転して炎に見舞われたれんげは、思わず悲鳴を上げた。クロはまだ炎の操作に慣れないらしく、慌てて火の幕を消す。

吹き付ける風に消耗していると、今度はカルが、まるでれんげを護るように前に出た。

『れんげをいじめるな!』

彼が両手を広げると、不思議なことに舞い上がっていた砂粒はその小さな手の中に集まっていった。気づけば風の重圧もなくなっている。

「これは……?」

そう言えば、カルは風を操れるのだった。

そのことを思い出し、れんげは一息ついた心地になった。

「ありがとう。カル」

礼を言うと、カルは照れたように頭をかいた。

一団はそのまま立岩に近づいていく。ある時点で突然舞い上がる砂が消え、突然視界が開けた。どうやら台風のように、中心部は無風状態になっているようだ。

そこでれんげは、信じがたいものを目にした。

それは立岩の前に鎧姿の虎太郎が立ち、なんと光栄の首を掴んで岩に押し付けているところだった。

「虎太郎！　光栄さん！」

思いもよらぬ光景に、れんげは思わず叫んでいた。

そして衝動のままに走り出す。

『迂闊に近寄るな！』

木島神の慌てたような声が聞こえた。

だがそんなことに構ってはいられなかった。もちろん光栄を心配する気持ちもあったがそれよりも、虎太郎にそんなひどいことをしてほしくなかったのだ。

虎太郎が正気に戻ったら、きっとこの行動をひどく悔いるだろうと思った。たとえ相手が、この世の人間ではなかったとしても。

だが、れんげが虎太郎の肩に手をかけようとすると、その瞬間、体が後ろに弾き飛ばされた。

一瞬車と衝突したのかと思ったほど、大きな衝撃を感じた。

『れんげ様！』

クロの悲鳴じみた声がする。

「いたた……」

砂浜であったため大きな怪我こそなかったものの、れんげは全身にひどい痛みを覚えた。衝撃のせいか思わずむせてしまう。

『やめろよぉー！』

弾き飛ばされたれんげを見て、カルが飛び込んでいく。

『迂闊に飛び出すな！』

槌熊が注意するが、遅かった。

カルの体も弾かれて宙を舞う。れんげと違ったのは、カルが空中で体勢を立て直し、何度も虎太郎に向かっていったことだった。

ばちんばちんと何か重たいものがぶつかり合うような音がする。速すぎて目で追うことはできないが、どちらも分厚い空気の膜のようなものを体の周りに巡らせていて、それがぶつかり合っているようなのである。

しかしそれもそう長いことではなく、やがて力負けしたのかカルの小さな体が砂浜の上に投げ出された。

「カル！」

思わず駆け寄ろうとするが、全身の痛みでれんげは起き上がることすら難儀だった。

『みつよしを返せよっ』

れんげと違いすぐにはね起きたカルが、虎太郎に向かって叫んだ。

すると、その声に反応したのか、虎太郎の手から力が抜け光栄の体がその場に崩れ落ちた。

『光栄殿！』

タイミングを見計らっていたかのように、クロが凄まじい勢いでその場に突っ込んでいき、光栄の襟首を咥えて戻ってきた。

隙なく纏っていた白い狩衣があちこち破れたり汚れていたりと、光栄はひどい有様だった。

「どうしてこんなことをするの？　あなた、鬼退治をした伝説の麻呂子親王なんでしょ？」

禍を起こす側ではなく、悪しきものをやっつける側ではないのか。

すると、れんげの言葉に反応したかのように虎太郎が――麻呂子親王が振り返る。

ジャランと鉄の鎧が音を立てた。

そこに、隙をつこうとしたのか槌熊が飛びかかる。

『カルに何しやがる！』

だが彼女の巨体すらも、見えない力によって弾き飛ばされてしまった。しかしかつて一度戦ったことがあるからか、槌熊は堪えた様子もなく難なく着地し、驚いたことに笑みすら見せた。

『変わってねぇなぁテメェもよ。朝廷が気に喰わないなら最初から従ったりしなきゃいいだろうに』

「気に喰わない……？」

麻呂子親王は天皇の息子だ。つまり、朝廷のかなり中心に近い人物ということである。なのにどうして槌熊がそんなことを言い出すのか、れんげには理解できなかった。

『いけすかねぇその面見て全部思い出したぜ。こいつは俺らを味方につけて、大和に取って返して朝廷を滅ぼすつもりだったのサ。まあ、そんな誘いにゃ乗らなかったが。俺らなわばりを出る気はさらさらなかったからな』

槌熊の言葉はあまりに衝撃的だった。

なにせこの地に鬼退治をしに来た麻呂子親王が、実は朝廷に対してクーデターを目論んでいたのだ。

今日まで麻呂子親王が退治した三鬼を追い続けてきたれんげは、今までそんなこと微塵も考えてはいなかった。伝説の中で、彼は圧倒的に正義の側だった。もちろん資料の類にも書かれていない。

皇子という十分に恵まれた立場にありながら、どうして皇位の簒奪《さんだつ》を目論むというのか。単純に皇位争いと考えるには、目の前の男は我欲のためにそんなことを企むようには思えなかった。

鬼の岩屋近くで出会った時に感じた深い憤怒。何もかも憎んでいるかのような冷たい目。

そうだあの時、麻呂子親王は裏切られたと言っていた。豊聡耳――聖徳太子が何もかも正しいのか、と。

残念ながら、れんげはそこまで歴史に詳しくない。

兄弟の間に何があったのか、何も知らない。

「憎んでいるの？　自分の家族を」

思わず尋ねていた。そしてその問いは、麻呂子親王の琴線に触れたようだ。彼は皮肉気な笑みを浮かべ、そして言った。

『家族などと、笑わせる』

それから一拍おいて。

『あいつらはなぁ、俺をいいように利用したのだ。俺は葛城の旧き王家の生き残りだ。鉄と塩で富み、それ故に外戚でありながら大長谷若建命《おおはつせわかたけるのみこと》によって滅ぼされた古き血だ』

大長谷若建命とは雄略《ゆうりゃく》天皇のことだ。彼は粗暴な男ではあったが、同時に征服者として優秀だった。地方豪族たちを次々に従え、日本を中央集権化することに成功したのである。

彼は政敵である兄を匿った葛城円大臣に怒り、その邸に火を放った。その上で娘の韓媛《からひめ》を奪い、これを后としたのである。

大和の西に繁栄した葛城氏は、こうして一度は没落の憂き目を見ることとなった。だが韓媛が産んだ白髪皇子が即位したことで、葛城氏の命脈は保たれた。

だがかつて葛城氏が統治した豊かな地は、後から台頭してきた蘇我氏によって狙われていた。首長家を失った分家筋の葛城氏は、そう簡単にかつての栄光を取り戻すことができずにいたのだ。

彼らの希望は、用明天皇に嫁した葛木当麻倉首比里古《かつらぎのたいまのくらのおびとひりこ》の娘、伊比古郎女《いひこのいらつめ》だった。彼女は用明天皇の皇后でこそなかったものの、第三の皇子を産んだ。それこそが当麻氏の始祖である麻呂子親王なのである。

『一族の復興こそ、我が母の悲願だった。俺はその望みのために、命じられればなんでもした。都を離れ戦場を駆け、数多のまつろわぬ者どもを滅ぼした。石を枕に眠る日々だ。だがそれも全て、無駄だった。大王は俺を持て余していたのだ。だから次々に戦を命じ、早く死ねよと願ったのだ。こんなふざけた話があるか？　俺は豊聡耳に従い、一族の反対を押し切って故郷に寺まで建てた。我ら葛城の神は大三輪大神だ。しかし豊聡耳は仏を国の守護に据えるという。遠き異国の神が、この大和を治めるというのか』

堰《せき》を切ったように言葉が溢れ出し、麻呂子親王自身止めることができないでいるようだった。

永い間、彼の不遇に耳を傾ける者は誰もいなかった。

『ゆえに、この男は鬼として葬られたのだ。逆賊となったことを歴史に刻まれることすらなく、見張りとしてつけられていた男に殺された』

麻呂子親王の言葉を遮ったのは、光栄だった。彼はクロによって砂浜に降ろされていたが、立ち上がる力がないのか座ったままで叫ぶ。

『我が家の口伝には、警戒すべき鬼としてあなたの名が伝わっていた。なぜかと訝しく思っていたが、調べてみたら案の定だ』

どうやら光栄は、れんげと葛城の話をしていた際に、この顚末について思い当たっていたらしい。

彼の一族は葛城国造と密接に関わっていた。一族に伝わる裏の歴史があったとしても、なんら不思議ではない。

しかし麻呂子親王が離れた場所にいる光栄に向かって手をかざすと、彼は俄かに苦しみ始め、言葉を続けることができなくなった。

『黙れ覡《かんなぎ》風情が』

しばらくして、意識がなくなったのか光栄はその場で崩れ落ちた。クロが慌ててその体を支える。

大変だとは思ったが、れんげは麻呂子親王から目を離すことができなかった。目を離したら最後、虎太郎を遠いところに連れ去られてしまうような気がした。

光栄から目を離すと、麻呂子親王はれんげに向かって先ほどとは一転して、とろけるような笑みを浮かべた。それは狂気を孕んだ微笑だった。

『この男を連れてきたことには、礼を言う』

麻呂子親王は気が遠くなるような時間の中で、自我すらも曖昧になりただ伝説の残るこの地を漂っていた。

取引相手の和菓子屋店主に剣道の有段者がいるので防具を見せてもらったことがあるが、あきらかにそれとは違い、細かな刀傷のある実践用の品である。腰に下げられた刀は木刀のように真っすぐだが、その持ち手には握りにくそうな金の大きな細工がついていた。

「どちらさまですか？」

ゆっくりと立ち上がりながら、男から視線をそらさずに虎太郎は問うた。

幸い、守るべき妻も子も今は自宅を空けている。

すると、男は哄笑した。大きく開いた口から突き出た牙が、きらりと光る。

『妻だ、子だぁ？　お前にそんなものはおらん。いつまで幸せな夢を揺蕩《たゆと》うているつもりだ』

男がそう言った途端、世界にひびが入った。濡れ縁が、居間が、住み慣れた我が家が歪んでいく。

虎太郎は己の目がおかしくなったのかと思い、眼鏡をはずして何度も瞬きをした。けれど崩壊は止まらない。

方向感覚が狂い、虎太郎は思わずその場に膝をついた。

だがその時、歪みつつある玄関が開き、聞き覚えのある娘の声がした。

うということか。

『虎太郎！　目を覚ましてっ』

娘に名前で呼ばれたのは初めてだった。だがそれよりも、目を覚ませと言うのはど
「まな、これはいったい……」

歪んだ視界の中で、虎太郎は目を凝らして娘の姿を見た。彼女は見送った時に着ていたダッフルコートではなく、天女のごとき薄衣を纏っていた。

男が、まるでうるさいとでも言いたげに手のひらを娘に向ける。

『邪魔をするな天女め。いつまでも一人で悲嘆にくれていればいいものを』

そう言ったかと思うと、まるで衝撃を受けたかのようにまなの体が玄関から弾き飛ばされる。玄関の外は見慣れた光景ではなく、何もない完全な真っ暗闇だ。

「まな！」

虎太郎は己の足を叱咤し、娘の元へ走る。男の横をすり抜け、何も考えず玄関の外に飛び出した。

どうにか娘の手を掴むが、今度はまるで天地が九十度回転したように、横に向かって落ちていく。

虎太郎はまなの体を抱きしめ、自分がだめでも娘だけはと必死に祈った。

ひらひらと、まなの身に着けた領巾が風にあおられて頭上に伸びる。

『虎太郎。あなたはここにいてはだめ』

白い手が、虎太郎の頬に触れた。娘だと思っていたまなの顔は、虎太郎にもれんげにも似ていない。

『家族が欲しかったけれど、あなたを苦しめたかったわけじゃない。あなたは斎宮の血を引いてる。恐ろしき神はあなたに味方するでしょう。だからあなたは、自分の大切な人のところへ行ってあげて』

その頃には、どうして自分はこの娘を自分の子だと思ったのだろうと、虎太郎は恐ろしくなっていた。

自分はまだ大学生で、こんな大きな子供がいるはずがない。どうしてそんな勘違いをしていたのだろう。自分はれんげと結婚すらしていない。それどころかこちらから別れを告げたのだ。

金刀比羅神社で遭遇した猫神に、自分が鬼に狙われていると教えられた。けれど、それを信じて一人帰るような真似はできなかった。当たり前だ。

だがそれから間もなく自分を内側から操るような何者かの存在を感じ、れんげに被害が及ぶ前に別れを告げた。

彼女を傷つけることが、一番怖かったのだ。

全て思い出してしまうと、今度は先ほどの鬼よりも目の前の女の方が不気味に思えた。古い記憶の中には妹として、長じてからは我が子として、虎太郎の記憶の中にあり続けたこのまなという娘は何者なのか。

虎太郎は知らず彼女から体を離した。いつしか落下は終わっており、もう上も下もなくただ宙に浮かんでいる状態だ。

「誰だ。あなたもあの鬼も」

女はひどく悲しげな顔をした。

鬼は彼女を天女と呼んだ。そして丹後に生まれた虎太郎は、まなと呼ばれた天女に心当たりがあった。

「眞名井の天女……」

それは、老夫婦の企みによって天に帰ることができず、最期には寂しくこの地を放浪することになった哀れな天女であった。

『あなたの夢は、温かかった。愛情やいたわりに満ちていた。家族に飢えた私は、それに引き寄せられてしまったの』

天女の伝説を思えば、それは無理からぬことだった。

そして夢であったと分かった今も、虎太郎の胸は両親との思い出で温かく満たされている。

そして、あんな家庭を自分も作りたい。そう思うと、れんげに会いたくてたまらなくなった。

『思い出したのね』

天女は泣き笑いの表情を浮かべた。

鬼は待ちかねたと言っていた。天女に対して邪魔をするなとも。

おそらく彼女が、虎太郎を乗っ取ろうとする鬼から虎太郎の心を守っていたのだろう。思い返してみると、彼女は虎太郎の記憶に常に寄り添っていた。

両親との思い出が天女を引き寄せ、そのことが結果として鬼から虎太郎の心を守ることになったのだ。

今は亡き両親が護ってくれた気がして、思わず泣きそうになった。

そんな虎太郎に、天女が己の領巾《ひれ》――羽衣の先を握らせる。

『決して離さないで』

彼女はそう言ったかと思うと、ものすごい勢いで暗闇の中を進み始めた。引きずられるようにして、虎太郎もその後をついて行く。

時折振りほどかれそうになり、必死で羽衣にしがみつく。ひどく薄いのに、虎太郎の全体重を受けてもほつれる様子すらない。

やがて天女の進む先に、小さな小さな光が見えた。その光はみるみる大きくなり、暗闇に口を開ける巨大な穴のようになった。天女は躊躇なくその穴の中に飛び込んでいく。

羽衣でつながっている虎太郎もまた、まばゆい光の中に放り出された。

⛩ ⛩ ⛩

気がつくと、虎太郎の周囲を異形の者たちが取り囲んでいた。天女の姿はそこにはない。いるのは、身軽そうなスウェット姿の少年と、眼鏡をかけた中学生ぐらいの男の子と、金髪の大柄な女性だ。

彼らは火を吐き、風を操り、あるいは突然姿を消したりと、虎太郎を翻弄する。

だが何より奇妙だったのは、自分の体が意図せず彼らの攻撃を防いでいくことだった。

それどころか、あちらは三人がかりだというのにひどく消耗している様子だ。

『大人しくくたばれってんだ！』

　女が殴りかかってくる。しかし虎太郎はそれを片手で受け止め、彼女の腹に蹴りを入れた。虎太郎よりも大きな体がビュンと音を立てて吹き飛んでいく。

　虎太郎は恐ろしくなった。

　殴られそうになったことが怖いのではなく、自分が誰かに危害を加えているというその事実と、足の裏に感じたあまりにもリアルな肉の感触に寒気がする思いだった。

　何より、己の体だというのにちっとも思い通りにならない違和感。

　使い慣れたはずの体は目にもとまらぬ速さで動き、襲い来る三人を次々に打ちのめしていった。

『やめろ、やめてくれ』

　虎太郎は呟いた。いや、呟こうとした。だが自分の口が動かない。

　相変わらず体は勝手に動き続ける。そして化け物のような哄笑をあげる。

　自分の体が思い通りにならないことが、これほどまでに恐ろしいだなんて思いもしなかった。

　疲れ切ったように砂浜に身を投げ出した少年の向こう、立ち尽くすれんげの姿が目に入る。虎太郎の体は羽の生えた少年の背を踏みつけて、まっすぐれんげに向かった。

かった。

　ぞっと背中が粟立つ。

　今この体を動かしている何者かは、れんげに危害を加えるつもりだということが分かった。

　あまりにも受け入れがたい現実だ。

　虎太郎は己の足が先に進まないよう踏ん張った。するとかすかにではあるが、歩みが緩やかになった。

　全身に力を籠め、必死に抗《あらが》う。この体を好きにさせてなるものかと思った。

『抗うな！』

　体を操る何者かが吠える。

　だが虎太郎は抵抗をやめない。やがて砂浜を進んでいた足が止まった。暑くもないのに、額から汗が流れ落ちる。

　れんげはまっすぐに、じっとこちらを見つめていた。

　その目には、恐れよりも虎太郎を案じる色ばかりがあった。虎太郎の記憶にあるよりも、れんげは少し痩せたようだ。心配させていると気づいた瞬間、なんともたまらない気持ちになった。

　今すぐにでも駆け寄って、抱きしめたくなった。だがこんな状態では、それもできない。

虎太郎は歯を食いしばって耐えた。

れんげを傷つけるくらいなら、二度と目覚めない方がましだとまで思った。

『それで抵抗しているつもりか？』

だが、虎太郎の口から洩れたのはあざ笑うかのような響きだった。それと共に、足が再び動き始める。

もうどんなに抵抗しようとしても、その足は止まらなかった。

ようやく止まったのは、れんげの青ざめた顔が目の前にまで迫ってからだ。

『この体を連れてきたことには礼を言おう。喜べ。お前のおかげで、この国は亡ぶぞ』

虎太郎の――もう虎太郎のものとは言えぬ化け物のような手が、れんげの頭を乱暴に掴んだ。

『俺の中で、愛する女が死んでいく様を見ているがいい！』

虎太郎は叫んだ。叫んだつもりだった。

視界が真っ赤に染まる。一瞬、それがれんげの血だと思い気絶しそうになった。

だがそうではなかった。

『よう耐えた』

虎太郎の目の前にあったのは、己の顔を写した鏡だった。その顔は真っ赤に染まり、額からは二本の角が生えていた。

虎太郎は視線を下にそらす。そこには白い犬の鼻先があった。

『白犬の力なくして、鬼を退治できるなどと驕ったな。かつてのお前ならありえないことだ』

声は先ほど襲いかかってきた女の声だ。

それと呼応したように、血の気が失せる感覚がした。体が怠くてたまらなくなり、そのまま後ろに倒れこんだ。

『もう苦しむな。おぬしもまつろわぬ神の一柱として、儂のうちで眠るがいい』

記憶の最後に、そんな声が聞こえた気がした。

⛩ ⛩ ⛩

気づくと虎太郎は病院にいた。

医者の話では、ひどい高熱でうなされていたというが、全く記憶にない。

しばらくぼんやりしていると、虎太郎が目覚めたと連絡を受けたのか、れんげがすごい勢いで病室に入ってきた。

その後ろからは、廊下は走らないでくださいという怒鳴り声が聞こえる。まるで小学生みたいだと思い、虎太郎は思わず笑ってしまった。

そんな虎太郎を見て、驚いたことにれんげは膝から崩れ落ちた。

「れんげさん⁉」

思わず叫んでしまう。

静かにしてくださいと、またしても注意する声が飛んできた。

点滴の管がついているので駆け寄ることもできず、虎太郎は電動ベッドを操作して上半身を起こした。

そうしている間に、れんげがうつむいたまま膝立ちでベッド際までやってきて、布団に顔を埋めた。

れんげの額の感触が、かすかに太ももにぶつかる。

「あの、れんげさん？」

普段の彼女にはありえない動転した様子に、虎太郎は態度を決めあぐねていた。

『虎太郎殿！　ご無事で何よりですっ』

れんげについてきた狐が、元気よく挨拶をした。よく見ると、その後ろからぞろぞろと知っている顔や知らない顔がついてくる。

知っているのは木島神だけで、他には上賀茂神社で遭遇した陰陽師と、赤い髪の少年。金髪の大女と、残るはごく普通の眼鏡の少年という奇妙な顔ぶれだ。

そして彼らを見て、虎太郎は記憶を失う前の出来事をうっすらと思い出した。

確か自分の体が暴走して、彼らととんでもない戦いを繰り広げた気がする。夢かとも思ったが、どうやら夢ではなかったようだ。

『怪我もなく無事に済んだのは、天女のおかげじゃぞ。感謝せよ』

木島神が軽い口調でそう言った。自分はそんなに危険な状態だったのかと、驚いてしまう。

れんげは相変わらず布団に顔を埋めたままだったので、虎太郎はその場に居る人間ではない者たちからおおよその事情を聞くことになった。

曰く麻呂子親王という古代の英雄が虎太郎の体を乗っ取って、日本沈没を企んだそうだ。壮大な話過ぎてなかなかに信じがたいが、興奮しながら語るクロを見るに、なにがしかの戦いがあったのは事実らしい。

また、病室にやってきた三人組はその昔、麻呂子親王が退治した鬼なのだそうだ。

不機嫌そうな陰陽師が教えてくれた。

『かつて俺の先祖が、麻呂子親王が怨霊となった際には、呼応して蘇るようにと術を組んでおいたのだ。人だけでは太刀打ちできぬからな』

——ということらしい。申し訳ないがこの辺りはあとで、れんげから説明してもらった方がよさそうだ。

「それで、その麻呂子さんは今どちらに？」

虎太郎の夢の中に現れたのが、その麻呂子親王なのだろう。自分の体を乗っ取っていた相手だと思うと、何やら不思議な気持ちになる。

するとと木島神が、にこりと笑って言った。

『そりゃあの、儂が喰ってやったわ』

あまりの返しに、虎太郎は唖然とした。

「喰った……ですか？」

『そうとも。儂はもともとまつろわぬ神の集合体だからの。今更一体増えたところでそう変わらぬ』

『何言ってんだこのジジイは』

己の感想が口から出たのかと、虎太郎は一瞬慌てた。しかし声の主は虎太郎ではなかった。よく見ると、木島神の近くに小さな小さな人間が浮かんでいる。声の主はどうやら彼のようだ。

「ええと、あなたは？」

『ああ？　お前俺に見覚えがないってか？』

そう言ったかと思うと、小人はくるりと宙返りして黒猫の姿になった。

「え？」

猫はお座りの体勢になりぺろぺろと前足を舐める。その目はまばゆい金色だ。

まるで――そう。虎太郎たちが金刀比羅神社で出会ったあの猫のような。

『早く丹後を去れと言っただろう』

やはり思い違いではないらしい。虎太郎に危険を忠告してくれたのは、どうやらこの猫だったらしいのだ。

「金色さん、ですか？」

『少彦名だ。こいつの記憶が戻らない内は、名乗ることもできなかったからな』

そう言って木島神を指し示す。どうやらかなり古い付き合いの二柱らしい。

そこまで話したところでようやく、れんげが顔を上げた。

「心配かけてごめんなさい」

思わず謝ってしまったのは、その顔を一目見ただけで心配をかけたと分かってしまいました

京都伏見の
あやかし
甘味帖

大江山に伝わる鬼伝説紹介

日本の鬼の交流博物館　写真：写真AC

「鬼」とは何か

人間が今よりも自然に寄り添って生きていた時代、「鬼」とは得体の知れない、害をなすものとして認識されていました。生活の脅威となる出来事は「魔なるもの」によってもたらされると信じられていたのです。また、生活する集団を外から攻撃してくる存在も、野蛮で醜いものたちも、「鬼魅《きび》」として恐れられていました。

　鬼という存在は『日本書紀』にも記されており、異形として人々に恐怖を与える存在として描写されています。「恐ろしいもの」「邪悪なもの」として存在した概念は、「陰（おぬ）」から転じて「鬼」とされるようになっていきました。ここから、様々な概念が「鬼」に加わっていくようになります。

鬼の種類

「鬼」の典型的な姿は、頭に二本、または一本の角があり、縮れた頭髪と、腰には虎の皮製のパンツを穿いている……というようなものでしょう。このイメージは、「鬼門」と呼ばれる北東――丑寅《うしとら》の方角が由来になっています。牛のような角と虎の衣服は、ここから生まれたとされています。こういった恐ろしい鬼のイメージは仏教的な世界観の中で描かれる地獄の鬼がモチーフになっています。亡者が拷問を受ける地獄道では「獄卒《ごくそつ》」と呼ばれる鬼たちが、罪を償わせるために様々な苦しみを味あわせていると言います。また夜叉《やしゃ》や羅刹《らせつ》といった鬼神も鬼の一種とされました。

また、鬼は民族学的な祖霊や地霊であるともされます。神の眷属であったり、山神であったり、人々の畏怖の象徴として鬼を形作りました。

平安時代あたりから物語の中に登場する鬼は、人を襲う怪物でした。大江山に伝わる鬼伝説が代表的です。昔話として伝わる『桃太郎』や『金太郎』、『一寸法師』などにも鬼は退治される存在として登場します。

鬼を妖怪や悪霊の一種として見る一方で、人間もまた鬼として捉えられていました。朝廷に仇なす者やまつろわぬ民なども鬼として扱われました。「金工師」と呼ばれる鍛冶職人を鬼とされた説もあります。鬼金棒など、鬼の伝説は金工にも結び着いています。

憎悪や嫉妬の念を膨らませると鬼に変化するともされます。能における「般若」は、嫉妬心から鬼に変じた女性を表しています。鬼は悪霊でもあるため、人に取り憑き禍をもたらす恐怖の対象でもあったのです。

大江山の鬼伝説

◆酒呑童子《しゅてんどうじ》伝説

京都府福知山市の大江山には、三つの鬼伝説が伝わっています。

最も有名なのは、源　頼光《みなもとのよりみつ》が藤原　保昌《ふじわらのやすまさ》と四天王の面々を引き連れ、酒呑童子を退治したお話でしょう。一条天皇の治める時代、酒呑童子は都から姫君たちを攫っていました。姫君を奪い返すために、頼光たちは山伏に変装して大江山へと潜入し、酒呑童子の屋敷へと潜り込みます。道中に出会った神々から与えられた「神便鬼毒酒《じんべんきどくしゅ》」を用いて鬼たちを酔い潰して討伐すると、見事姫君たちを救い出したのです。

この物語は南北朝時代（十四世紀）あたりに成立した『大江山絵詞』が最も古いものとされており、時代を経て変化し、江戸時代には『御伽草子』として脚色され、浄瑠璃や歌舞伎でも演じられるようになっていきました。

◆日子坐王《ひこいますのきみ》の鬼退治

『日本書紀』や『古事記』では日子坐王による土蜘蛛退治が記されています。崇神天皇の時代、青葉山に住まう陸耳　御笠《くがみみのみかさ》と匹女《ひきめ》を首領とする土蜘蛛を、勅命を受けた日子坐王が退治したというもの。大江山周辺の地名にはこの鬼退治に由来する地名が残っています。青葉山から逃げた陸耳を追った日子坐王は、蟻道郷の血原（千原）で匹女を討伐。川を越えて逃げようとした陸耳御笠を留めるため、日子坐王の軍勢は楯を並べて川を守ったといいます。これが楯原（蓼原）、川守（河守）の由来となったそうです。敗走した陸耳は宮津湾に至り、さらに大江山に逃げたと言います。